KB133258

가던 걸음 멈추고

가던 걸음 멈추고

변홍섭 시집

안녕하세요 | 변홍섭

시집 〈가던 걸음 멈추고〉를 준비하며

시와 사진집 〈홍셉〉을 출판한 지 5년이 지났다. 이후 썼던 것들을 모아 보니 욕심이 생긴다. 자꾸 무엇을 남긴다는 게 두렵기는 하지만, 버리기는 아까워 삶의 흔적으로 남기려 한다.

그간 페이스북을 이용하여 시와 사진을 발표해 왔다. 늘 봐주신 선후배님들과 친구들, 시와 사진을 좋아하는 여러분이 힘이 되어 주셨다. 고마운 마음을 전한다.

가르쳐 주신 선생님들을 잊을 수 없다. 힘차고 올곧은 문장과 섬세한 상상력과 장시長詩의 위력을 은연중 얻어 가졌는데, 이것은 글 쓰는 내 자부심이 되었다. 아쉬운 것은 내 능력이 보잘것없다는 점이다. 더구나 글쓰는 일은 너무 늦게 시작했다. 고등학교 시절 왕성했던 창작 의욕을 잊지 못한 것이 가장 후회스럽다.

나를 지배하고 있는 기억은, 월남전 참전이다. 곳곳에 자주 등장할 것이다. 6·25 한국전쟁의 어린 기억과 함께 불행한, 슬픈 삶의 현장에 내가 있었다.

글 가운데 나상裸像이 많이 나온다. 내 시심詩心 가운데 도사리고 있는 원초적인 삶에 대한 그리움 때문일 것이다. 사진 이야기도 많다. 내가 사진가이기 때문이다. 세 번의 개인전과 30회 넘게 단체전에 출품했었다. 지금도 사진기를 끼고 산다.

그간 사진집 한 권과 사진과 수필집, 시와 사진집 두 권을 출판했다. 묵묵히 지켜보며 도움을 준 아내 주성희가 고맙다.

멋진 시집을 만들어 주신 홍영사 대표 홍영철님과 편집장 김애란님의 세심한 배려에 감사한다.

2024. 5. 1.

서달산 산채山寨에서

변홍섭

차례

2부 창밖에는 눈이 내리고

3부 **잠꼬대한 걸 가지고**

4부 **아베마리아**

해설

1부
다 돌려줄 거지만

숲의 정령들 | 변홍섭

참새 한 마리

참새 한 마리
연못에 몸을 담갔다가
바위에 올라앉아 진저리 치고
낙엽에 괸 물을 쪼아 먹는다
고인 물에 내려앉은 하늘이
온몸을 흔들며 출렁인다
버들치가 오르고
가재가 기어 나올 계곡이다

나는 오늘
그 가재를 화양동계곡에서 보았다

월정사

산 그림자도 행자도 마냥 조는
오대산 자락의 산사山寺
월정사月精寺
절집을 엿보려면
목욕재계도 모자란다고 할 것 같아
절간을 끼고도는 금강연金剛淵 계곡에서
발가벗고 들어가 퐁당거리니
문수보살 빙그레 볼을 붉혔다

인정人情

찬은 읍지만 한술 뜨구 가세유

아카시아 꽃잎 떨어지는 밤

아카시아 꽃잎 떨어지는 밤
들큼한 바람이 사립문을 열고 들어와
딱한 소식을 전한다
깊은 산속을 살던 여인이
무덤으로 들어가더라는 이야기를

어둠이 처마 끝에 걸리고
아카시아 꽃잎 내리던 날
여인의 무덤에서
〈재클린의 눈물〉이 스며나오고 있었다*

동네가 생긴 나이만큼 살았을
느티나무는 알고 있을까?
우물가 빨래터
헐어빠진 담벼락도
동네방네 얽히고설킨 사연
깊숙이 감추고 말이 없다

그림자도 숨어버린 밤처럼 말이 없다

아카시아 꽃잎이 떨어지던 밤
향기에 취한 나는 꽃바람 타고
여인의 무덤을 나비처럼 돌다가
연못에 뜬 초승달에 내려앉았다
돛을 올리고 노櫓를 젓는다
여인과 마주 앉아
미리내 가는 길

---

* 자크 오펜바흐, 〈재클린의 눈물〉, 1846.

찔레꽃 향기

찔레꽃 향기에 취해서
뻐꾸기가 운다
찔레꽃 향기 닮은 그녀가 그리워
나도 운다

가는 봄이 아쉬워
들꽃 한 다발 꺾어 들고
산길을 오른다
무덤 위 염주비둘기가 나를 맞는다

봄날이 아픈 시인은
강물에 시詩를 쓴다
시는 비오리 물살 가르듯
강물을 거슬러 가다가
바람 등에 업혀
암벽 틈새 찔레꽃과 놀더니
꽃구름이 되었다
찔레꽃 향기 젖은 꽃구름이 되었다

빨래

개울가에서 중[僧]이 빨래를 한다
빨랫돌 위에 승복을 놓고 두드린다

한 번 두드리자 청색이 삐져나왔다
두 번 두드리자 황색이 삐져나왔다
세 번 두드리자 적색이 삐져나왔다
네 번 두드리자 백색이 삐져나왔다
다섯 번 두드리자 검은색이 삐져나왔다

모든 색깔이 어우르더니
개울은 잿빛 안개를 덮고 흐른다
승복은 도랑 물빛 닮았다

다 돌려줄 거지만

옛날
선화공주가 싼 똥을
강아지가 먹고
강아지가 싼 똥오줌을
배추 상추가 먹었다
온갖 들풀도 먹었다

오늘
나는 김치를 먹는다
상추쌈도 먹고
고추도 따 먹었다

뒷날
다 돌려줄 거지만

봄은 온다

봄은
나무가 검은 옷 갈아입으며 온다
개울 물소리가 시끄러워지면서 온다
은실비 보리밭 적시면서 온다

봄은 온전한 봄은
양지바른 둔덕
똬리 튼 뱀처럼
온다

봄이 오면

봄볕이 따습다
점봉산 곰배령 가는 길
진달래 몽우리 봉긋하고

눈덩이를 쳐든 노란 복수초
뒤질세라
달래 쑥 냉이 씀바귀 민들레
양지바른 들녘은 나물 천국

챗GPT에게 물었다
「봄이 오면?」
「적색경보 발령」
무슨 소리인지
내가 화들짝 놀라는 계절

가을 · 1

아침을 여니 창밖으로
가을이 가고 있었다
꽃상여 타고
남산을 가로질러
떠나고 있었다
풀벌레 소리 장단 맞춰
구성진 소리 앞세우고 가고 있었다

가을·2

복수초를 시작으로
꽃들은 아름다움을 자랑하고
설악산을 시작으로
내장산에 내려와
색깔의 절정을 뽐내는 단풍
생각한다
어느 것이 더 아름다울까?

지나던 찬바람이
어깨를 툭 치며 말한다
「아직도 예쁜 것이 그리 좋으냐?」
가랑잎도 힐금대며
머리통을 쥐어박고
간다

가을 수채화

가을 햇살 따가워
누렇게 달구어진 마당 한구석
감나무 한 그루 있었네
감또개 떨어진 지 어젠데
태풍에도 살아남은
땡감이 단감도 홍시도 되고
처마 밑 곶감도 되었지
가지 끝에 덩그러니 매달린 까치밥
잔뜩 배부른 구름 뱃속에
의젓이 들어가 앉았네

넉넉한 계절이 영그는 가을

겨울나기

요즘 무얼 하며 지내시오? 묻는 이도 없어 씩 웃고 눈을 감으니, 꽁꽁 언 하늘이 접시 되어 구름 한 점 담아 주는구나. 나는 얼른 구름을 잡아타고 여행을 떠난다. 어느 설산雪山 능선을 걷고 있을지 모르는 나를 찾아서

겨울맞이

설경은 동심을 일깨우지만
가슴 열고
나와 내가 이야기하는 계절
겨울이다

함박눈 흠뻑 내려
잘난 것
못난 것
구별 없게 만드는 계절
겨울이다

겨울 들판은 언 땅이지만
땅속이 포근한
씨앗들의 자궁이다

그 소년
― 〈아르카익 뷰티, 삼국시대 손잡이잔〉* 전시를 보고

여미어도

여미어도

뜯어지는

산 너머

흰 구름

구름 위에

걸터앉은

소년

천년 고적古蹟을

닦는다

잔盞 들고 역사를 빗는**

그 소년

---

* 〈아르카익archaic 뷰티, 삼국시대 손잡이잔〉은 미술평론가 박영택 교수가
  수집한 토기전. 현대화랑, 2022.
** 빗다: 타동사 빛내다, 꾸미다의 옛말.

달걀귀신

달걀귀신이 무서워
마당 건너편
뒷간에도 못 가고
새벽닭 울 때까지
문고리 잡고
끙끙거렸던
옛날

비웃기라도 하듯
소쩍새는
밤새 목탁을 두드렸지

지금껏
달걀귀신은
내 옛날이야기의
주전부리

무등산 서석대에서

비 젖은 무등산 서석대瑞石臺를 오른다
어둠이 비를 맞으면 장송곡처럼 무거운데
숯검정 된 가슴을 움켜쥐고
아직껏 눕지 못한 서석대
여태 잠들지 못한 서석대
산 아래 사람들은 모르는가?
역사는 울력이 만드는 것을
아직도 알지 못하는가?
지금은 잔 다르크 시대가
유관순 열사의 시대가 아닌 걸
여태 모르고 있는가?
조상들이 비 맞고 선 이유를
아직도 모른단 말인가?
손을 맞잡고 어우러져야 할 때
누구를 위해 종을 때리고
울분을 말하는가

밤비를 맞으며 서석대에 올라
발아래 잠든 거친 숨소리를 듣는다
빗속에 잠든 슬픈 마을이여
이 비 그치면
어우렁더우렁 손잡고 들놀이 가자
이제 깨어날 시간

가던 걸음 멈추고

가던 걸음 멈추고
언덕을 넘어오는
뭉게구름 타고
숲의 생령이 노니는 계곡으로
나들이 간다

가던 걸음 멈추고
들판이 만든 도화지에
내 얼굴 그리고
내 짝 희야도 그리고
채송화도 백일홍도 그렸다

비 갠 후
무지개 뜬 언덕으로
우리 함께 들놀이 가자
하늘 잠 일깨우는 종다리도 같이 가자
하늘이 문 열자

쏟아지는 햇살

여치도 방아깨비도 살판난 들판

행복

동냥젖으로 크느라
배고파 칭얼거렸다

사느라
사느라고
무릎이 까지도록 아팠다

사랑하느라
가슴이 멍들도록 쓰렸는데

세월은 갈수록 상처만 만들었다

아픈 상처는 우렁이 속처럼
노란 고름이 차다가
꾸덕꾸덕 아물면서 가렵더니
딱지 떨어지고
잠시 콧노래가 나올 무렵

뇌졸중으로 쓰러졌다*

〈꽃의 왈츠〉가 들리기 시작했다

---

* 질 볼트 테일러의 뇌졸중 체험.

건널목

길을건넌다
길을건너온
다길을건넌
다길을건너
올수가없다

누구도건너
올수없는길

꿈속에서

만복이가부처님을희롱하던때쯤삼신할머니넙데데한
손바닥으로얻어맞은퍼런궁뎅이를까놓고다녔을때쯤
갓쓰고누님또래새색시등에업혀신랑노릇하면좋았을
텐데꿈속에서별난생각이쑥스러워배시시웃는다

옛날 옛적 어머니와 둘이서

이른저녁후어머니와둘이서콩을깐다한소쿠리가넘치
도록수확한콩이다어디숨어있던이야기일까끊이질않
았다밤[夜]도익고이야기도익고화로속밤[栗]도익는밤
어느새나는어머니치마를덮고새근새근잠들어있었다

강물이 흐른다

강물이 흐른다
말을 숨긴 채 흐른다
물새가 난다
물속에 숨겨진 언어를 낚는다
물새는 노래한다
강물이 머금고 있던 아픈 기억
강물 속을 흐르던 슬픈 사연

한밤중에

한밤중에
젊은 중이 따먹은 건
땡감이 아니라
보름달 같은 여인이라던
절간 기왓장 밑에
숨겨진
이야기

한밤중에
휘영청 밝은 달빛이
탑돌이 여인을 품어
달덩이 같은
아기가 태어났는데
삼족오三足烏 등을 타고
은하수 건너왔다던
절집 풍경風聲이 엿본
신령스러운
이야기

눈물은

비가 옵니다
빗물에 얼굴을 씻는 낙엽을 봅니다
폐지를 주워 팔아
할머니 약값을 보탠다는 소녀도 봅니다
보고 또 보다가 문득 눈물이 흐르고
눈물은
늙어 찌든 내 육신을 빨아 줍니다
빨랫돌 위에 올려놓고
팡팡 때려 빨아줍니다
맑은 물에 헹구고 또 헹굽니다
새물내 물씬 나는
나를 만듭니다

덕소 강가에서

덕소 강가를 걸으며 보았네
은행나무 잎사귀 한 잎 떨어지는걸
나뭇가지에 매달린
잎사귀 몇 개 오롯이 남겨 두고서
손 저으며 홀로 떠나는 것을

덕소 강가를 걸으며 보았네
은행나무 이파리 물결 따라 노니는걸
푸른 하늘 뒤로하고
하얀 구름 뒤로하고
애써 멀어져 가는 것을
애써 잊히려는 것을

강물은 입을 꽉 다문 채 흐르고

잠자다 일어나

잠자다 일어나 어슬렁거리다가
하고픈 말이 있어
바람에 묻어오는 그림자에게 물었다
넌 어디서 오는 거냐고
그림자는 대꾸도 안 하고 설렁거리다
별 싱거운 자식 다 본다며
뺨에 어둠 한 꼭지를 던져 주었다
그렇다 싱거우니까
밤에 잠도 못 자고 따귀나 얻어맞지
방 안 가득 나무 그림자 노니는 밤엔
늘 이랬다
벽에다 온갖 이야기 털어놓는
그림자 좇으며
온 길
갈 길
별의별 걸 다 물었다

어둑새벽이 창문에 기댈 때까지

우리는 하나잖아

왜 그리 놀라니? 내 말이 뭐 이상해?
나는 네가 생각하는 모양대로
잘 포장된 사람이 아니거든
날이 맑았다 흐렸다 하고
가물다가 홍수 나고 폭설 폭우에 태풍까지
종잡을 수 없는 거 있지
그러니
나도 나를 잘 모른다는 이야기야

나르키소스처럼 나 잘난 사람이야
하는 소리로 들리겠지만
나는 그저 나일 뿐이라는 거지
그러다가도 문득
「나는 너야」
라고 말하고 싶어

우리는 하나잖아

버선

엄니는 귀가 후 버선 벗는 건 나를 시켰다
엄니는 종아리를, 나는 버선을 잡고 용쓴다
둘은 반대 방향으로 나뒹군다
나는 바람벽에 머리를 부딪고
눈물 조금 웃음 조금 손바닥에 쥐고서야
버선 벗기는 끝난다
엄니는 버선 벗기가 왜 이리 어렵냐며
나를 어른다

각시가 한복 입고 꽃신 신고
세배 가는 날
혼자 웃고 있으니 각시가 묻는다
무엇이 좋아 그리 웃어요?
나는 대답 대신 각시 발만 바라보며
엄니 버선 벗기던 어린이를 그렸다

갈매기

갈매기는
날다가 힘겨우면 돛대에 앉아
구름 덮고 잠을 청한다
바람 불어 토닥이면 잠꼬대하고
파도 요람에 안겨 꿀잠을 잔다

갈매기는
파도에 몸을 맡겨 단장丹粧하고
하늘로 날아올라 그리던 임을 만난다
사랑을 나누고 물결 위를 비행하다
절벽 난간에 앉는다
바닷바람이 놀다간
암벽 틈서리
신방新房 채롱이 따습다

남한강에서

남한강 신륵황포돛배 선착장
강가에서 첫사랑 빼닮은 여승을 만났다
강바람은 아닐 거라며
가던 걸음 재촉하지만
추억은 자꾸 되돌아보았다
강물에 어리비친 뭉게구름
동그란
그녀의 얼굴
그녀의 목소리
그녀의 웃음
빼닮았다

가면서 뒤돌아보니

가면서 뒤돌아보니

세상에 몹쓸 것

많이 남겨 두고 가는 것 같아

미안코 미안쩍다

오줌똥뿐만 아니라

분에 넘치는 물건을 사고 버리며

세상을 더럽혔지만

곰곰이 지난날을 돌아다보니

설익은 생각

부질없는 생각

잘못된 생각

욕심낸 생각 따위로

세상을 더럽힌 건 또 얼마

그중 제일 안타까운 건

「나는 옳고, 너는 글렀다」

아닐까?

가면서 뒤돌아보니

참 미안하기 짝이 없다

구절초

하얀 구절초는
천상天上의 휘장揮帳
한과를 담은 소반 위
차 한 잔

흰 구절초는
하얀 홑청 씌운 이불
각시 볼에
내려앉은
교교皎皎한 달빛

들국화

가을이면 우리 집에 마실 오는 꽃
들국화
햇살이 빗질하듯 내리비치는
어느 날
구절초 하얀 꽃잎 닮은
신부가
나에게 걸어와 다소곳이 앉는다

멋도 기교도 없는
그냥
들국화

누나의 방

마음속 한구석을 차지한
누나의 방
화롯불 군밤 익는 냄새가 그립다

이불 한 채
꽃버선
반짇고리
꽃병
머릿장機

자고 일어나 먼저 찾던
누나의 방
냇가에서
송사리 미꾸라지 잡다가
누나의 등에 업혀 잠이 들었다

오늘따라 그리워지는 옛날

들국화 한 다발 꺾어 들고

시집가는 날

나를 안아준 누나를 그린다

무제

왔다
놀다
간다

멀리서 내려다보니
그렇다

잘나고 못나고
높고 낮음도 없이
알맞게
사람과 물상物像이 어울려
보기 좋았다

멀리서 바라다보니
그랬다

그런데 걱정이 있다

오를 때는 몰랐는데
내려가는 길이 두렵다
한눈팔면 넘어진다
때굴때굴 구를 수도 있다

둠벙은 우리들의 놀이터

고향 마을
산자락 둠벙은 우리들의 놀이터
왕잠자리 밀잠자리 고추잠자리 잡아
손가락 사이에 끼우고 으스댔었지
참방개 똥방개 미꾸리 송사리도 잡아
고무신에 넣고 부자가 된 듯이 뻐겼는데
더우면 첨벙 뛰어들어 물똥싸움하며 놀았다

밤이면
노루 산토끼 멧돼지 여우들이 물 먹고
산비둘기 꿩 딱새 쑥새 촉새 멧새들이
미루나무 참나무에 모여들어 잠자리에 들던 곳
둠벙 아래 논배미는
미꾸라지 우렁이 거머리 세상이었지만
가을걷이 끝나면
메뚜기 잠자리들의 운동장이 되었잖아

가 보았지

내 동무들이 발가벗고 멱감던

바위에 올라 엉덩이 두드리며 노래하던 곳

「빼빼 말라라 장작같이 말라라」

「빼빼 말라라 어디까지 갈래, 대구까지 간다」

인생은 생방송

어떤 사내가
여자를 치근덕거리다
뭇매 맞고
감옥살이

지우개로 지울 수도
물감으로 덧칠할 수도
찢어 없애버릴 수도 없는
인생은 생방송

2부

창밖에는 눈이 내리고

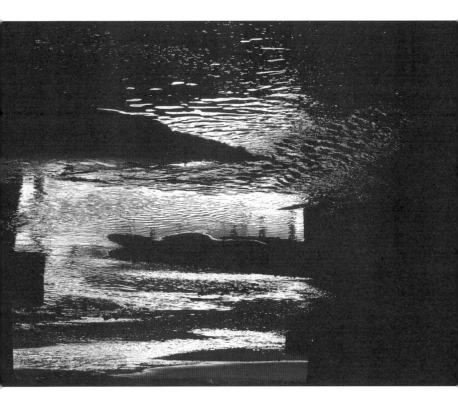

바다를 향하여 | 변홍섭

할아버지 돌아가셨다

할아버지 돌아가셨다

삼족오三足烏 타고

은하수 건너

북극성으로 가셨다

거기서 또 얼마를 지내시다가

다른 별로 가시겠지

그러기를 얼마쯤 하다가

까치설날

삼신할미 등에 업혀

다시 우리 집으로 돌아올지도 몰라

함박눈과 함께 말이야

이야기하고 있는데

「할아버지는 우리 집에 마실 왔다가

지 집으로 돌아간 거야」

할아버지 무덤 앞에서

할머니는 똑 부러지게 말했다

잡초

입성이 허접스러우면 비렁뱅이 취급을 받지
낯짝이 꾀죄죄해도 그럴 거야
한때 털털한 차림을 좋아할 때도 있었어
사는 형편이 고만고만했을 때 말이야
잡초 같은 인생 어쩌고 하면서
자기 비하하는 버릇이 있었던 때였지
그래 다들 잡초 같았던 시절
사람 사는 모양이 보기 좋았던 시절이었어

모양 좋고 때깔 고운 꽃들이
밭 한가운데를 차지하고
태깔을 자랑하며 으스대지만
꽃도 볼품도 없는
잡초들이 울타리 하니까 야누스의 두 얼굴
땅을 살찌우고 꽃을 돋뵈게 하는 건 잡초잖아
꽃이든 잡초든 잘나고 못난 것들을
뒤섞어 놓으면 어지러울 거 같지?

멀리서 바라보면 다 고만고만

밤하늘 별들이 잘나고 못난 게 있었나?

나는 그걸 또 다중촬영多重撮影하지

들판의 잘난 꽃과 잡초가

사진기라는 맷돌에 갈려

곱다

창밖에는 눈이 내리고

창밖에는 눈이 내리고
시를 쓰는 밤
이리저리 나부대는 시어들을 하나씩 낚아
가슴에 품고 다독인다

이런 밤을 내 생애에 다시 만날 수 있을까?

창밖에는 눈이 내리고
미제레레를 듣는 밤*
내 몸이 지은 죄를 어찌합니까?
나는 눈물로 교회의 종을 친다

이런 밤을 영원히 간직할 수 있을까?

창밖에는 눈이 내리고
내리는 눈이 길을 터 하늘로 오르는 밤
나는 아내와 손잡고 하늘궁전에 든다

천사들과 어우렁더우렁 노니는 환희

이런 밤이 내 생의 끝자락이면 얼마나 좋을까?

---

* 〈미제레레Miserere〉는 그레고리오 알레그리(Gregorio Allegri, 1582~1652)
   의 대표작. 1638년경.

몽유설악송夢遊雪嶽誦
― 설악산 산바람이 인간 세상을 나들이하다

1

범종梵鐘을 치시오
신흥사 백담사 봉정암 오세암 영시암 절간들은
범종을 치시오
설악의 주먹질로
싸다듬이할 훅 선장과 그 등신들
금강산 묘향산 칠보산 백두산이 깜짝 놀라도록
냅다 내질러 치맛자락 뒤집어쓰고 나자빠지게

설악의 발길질로
고샅에 앉아 용두질에 여념 없는
피터 팬들
설악산 태백산 지리산 한라산이 까무러치도록
냅다 걷어차 고간股間에 머리 처박고 질겁하며
어매 무시라 혼비백산 꼬꾸라지게
범종을 힘껏 치시오

2

버꾸[法鼓]를 치시오
설악을 떠도는 넋들을 위로하고
설악을 제집인 양 노니는
모든 동물이
천불동계곡 백담계곡 오색골 비룡폭포
권금성 한계령 마등령 울산바위에서
뛰어 올라가
설악산 상상봉 대청봉에서 한바탕한 후
하얀 면사포 쓰고 어우렁더우렁 놀도록
버꾸를 솜씨 좋게 치시오

3

중들은 광화문 네거리에 나와 독경하시오
목어와 운판도 두드리시오

솜다리 투구꽃 솔나리 얼레지 금강초롱
노루오줌 바람꽃 천년화가 피고 지는
화채봉 범봉 공룡능선 용아장성 서북주능에서
내지른 공이 대청봉 꼭대기 화들짝 놀래도록
얼씨구 독경 소리 한번 청아하다
한반도 상공에 꽃바람 불고
오대양 육대주에 단비 내려
살고 싶은 뭇사람과 짐승들이
감로수甘露水 한 사발씩 얻어 마시도록
모든 생명을 어르고 달래시오
중들은 어서 나와 독경하시오

4

여러 중은 목탁이 부서지도록
마구 두드릴 일이다
별들의 세상을 떠도는 영혼과

땅 위를 기는 뭇 생물과

땅속 바닷속을 울부짖는 어둠의 자식들이여

이 소리를 호두 같은 돌대가리 깨우치는

소리로 들을지어니

귀때기가 아닌 온몸으로 새길지어니

한겨울 늦은 밤

어머니 다듬이질 소리로 들을지어니

사진전 〈나도의 우수〉를 보고[*]

내 몸속에는 수백수천 마리 벌레가 산다
불안 우울 고독 무기력 절망 공포
이런 말들이 내 침대다
나는 이곳을 벗어나려
허위虛威의 옷을 벗어부치고 걷는다
　　후미진 골목 지하도 시궁창
　　폐허 된 공장과 터널
　　쥐들이 들끓는 낡은 하수도
　　지하 공동묘지
도시가 감춰 놓은 비밀스러운 세계
시간이 만들어 쓰고 버린 폐허
내가 안주할 새집 주소다

나는 등불 하나 들고 사진기를 메고
미궁의 미로 카타콤catacomb 가는 길을 걷는다
얼기설기 300km에 널려 있다는
파리Paris 지하 묘지
600만 구具의 시신 중 누구라도 만나 보려

다시 돌아올 수 없을지 모르는 미로를 걷는다

가다가 저승 문지기에게 발견되면
지옥으로 끌려간다는 전설이 뒷덜미를 붙잡았지만
나는 씩씩하고 당당하게 땅을 박차며 걸었다
드디어 뼈들이 누워 있는 카타콤 외진 방에 닿았다
모두들 곱게 누워 잠자고 있었다
뼈 무덤 위에 내 알몸을 뉘였다
잿빛 먼지를 일으키며 자리를 내주었다
천년을 살아온 시신들이 내 몸을 받아주었다

내 몸이 뽀얗게 아름다워지는가 싶었는데
뼈들은 일어나 아기 걸음마를 시작했다
나는 아기들을 무동舞童 태우고
아기들과 노래를 부르기 시작했다
하늘 문이 열리며 오방색五方色 햇살이
빗줄기처럼 쏟아지고
카타콤 정원은 꽃이 활짝 피었다

나비들이 꽃잎 사이를 날고 있었는데
얼마 후 환희가 강물처럼 유유히 흐르고
나비는 날개를 저어 강을 건너 들에 놀더니
숲속 나뭇가지에 나를 내려놓았다
나는 한 오백 년쯤 카타콤 아래 지내다가
시골 어느 작은 집을 찾아가
그 집 안방에 아기로 누워 있어야 할 것인데
그리고 모든 기억은 잊어야 하고
혹 남은 기억이 있다면 땅속 깊이 파묻고
바윗돌로 지질러 놓아야 한다는 말도 들었는데

뼈들은 다시 제자리를 찾아 누웠다
내 벌거숭이는 순백한 언어가 되어
카타콤 벽에 남기고 온 말

할렐루야 아멘

---

* 김미루 사진전, 〈나도裸都의 우수憂愁, Naked City Spleen〉, 2009.

어느 백수의 일기장

백수白手는 컴퓨터를 켜는 것으로 하루를 시작한다. 밤 새 들어온 날벌레들을 지우는 일은 즐거운 재미다. 뉴스는 보지만 잡범 기사는 무조건 패스. 목에는 USB를 걸고 다니는데 야동 정보도 담았다. 아주 무료한 날은 모두 행복하게 햇살을 즐긴다는 사피sapi섬을 찾는다. 섬엔 그만의 바위가 있는데 거기서 연인을 그리며 잔다.

백수는 나가 보았자 마땅한 언턱거리가 없다는 걸 안다. 워라밸을 중시하는 그에게 직장이란 처음부터 생리에 맞지 않았다. 그는 지하 저장고만큼 어두운, 기생충들이 살았던 반지하에 산다. 대문에는 장승을 세웠고 방문 앞엔 보초병 닮은 인형을 세워 놓았다. 그는 왕이다, 때로는 황제, 우주선 선장이 되기도 한다. 아직 무직이긴 해도 산속에 별장을 짓고 있는 자연인이다.

백수는 전쟁놀이를 즐긴다. 헬기가 기총소사하는 밤 하늘을 좋아한다. EMP탄과 정전탄에 관심이 많다. 현무5 탄도미사일 버튼을 누른다. 곤충군단을 사열한 다. UH-1H 헬기를 타고 스피커 볼륨을 높여 굉음의 재즈도 즐기는데, 바락바락 악을 쓰며 따라 부른다. 그는 외상 후 스트레스 장애자. 들꽃을 꺾어 만든 꽃 다발을 전우의 무덤에 올리고, 비탈리의 〈샤콘느〉를 들으며 눈물을 흘리는 청년이다.

백수는 세상을 비관하며 살았다. 무엇 하나 제대로 할 줄 아는 것도 능력도 없다. 나무로 말하면 비실거려 누구도 탐내는 사람이 없는 나무였다. 그런데 어느 날 못난 나무에게 놀라 자빠질 일이 생겼다. 햇볕이 쨍쨍 내리쬐는 날, 사람들이 못난 나무 그늘로 몰려든 것이 다. 백수는 늘 이 말을 입에 달고 산다.「그래, 나 같은 등신에게도 쓸모 있는 날이 올 거야.」

백수의 보따리는 늘 만삭이다. 보따리를 베고 잠이 들었다. 꿈속에서 보따리가 열렸다. 만주 벌판. 들판에 불이 옮겨붙었다. 개구리 다리를 구워 먹었다. 이름 모를 동물의 사체도 썰어 먹었다. 끝이 뵈질 않는 초원. 여기저기 모깃불을 놓을 무렵 걸음을 멈췄다. 마른풀을 베어 단壇을 쌓았다. 단 위로 올라가 침낭 속으로 몸을 구겨 넣었다. 추운 북녘땅, 한데서 살아남을 수 있는 생존의 지혜다.

옥수수 알갱이만큼 말 많은 백수의 일기장.

돼지, 고로 나는 존재한다
— The pig that therefore I am 전시 감상문*

나는 돼지우리에서 하와Hawwāh가 되어
돼지들과 함께 진창을 기어 다녔다
돼지와 함께 먹고 자고 뒹굴며
내 몸의 따뜻함을 나눠 주고
서로 눈을 마주치고 몸을 부대껴가며
104시간 동안 동거했다

우리는 짐승, 털이 숭숭 난 벌거숭이
토끼와 노루, 이리와 늑대, 담비와 사슴이
땅굴 속에서 엉덩이를 맞대고
오롯한 사랑을 꿈꾸며 살았다
황홀한 망집妄執이라고 하겠지만
사람은 돼지와 닮은 데가 참 많다
원래 우리는 햇살 좋은 둔덕에 모여 살았지
풀 뜯고 이슬을 핥으며 냇물에 멱 감고
같이 먹으며 엉겨 붙어 체온을 나누고
참나무 울창한 언덕에 굴을 파고 살았다

가지를 계단 삼아 나무 위를 오르내렸지
사랑이란 늘 함께 있고 싶은 마음이잖아

드디어 내 벌거숭이가
흙과 물과 음식 찌꺼기에 동화되는 날
내 알몸이 돼지와 함께 어울려
떡 감고 모래밭을 뒹굴며 몸을 말리는 날
나는 말할 것이다
「돼지, 고로 나는 존재한다」라고

---

* 사진가 김미루의 2011년 마이애미 바젤아트페어. 유리 우리 안에서 벌거
  벗고 104시간을 돼지 두 마리와 생활하며, 그 상황을 사진으로 기록하고
  전시했다.

니들은 벌써 알고 있었지?

니들은 벌써 알고 있었지?
소소리바람이 나를 움켜쥐고 있었지만
나들은 여러 갈래로 성당을 향해 올랐지
언덕 그 나무 아래 모여
나들은 제각각 다른 노래를 부르더라고
니들이 말했잖아, 그걸 보았다고

나들은 황하처럼 길고 지류가 많아 그렇지
길 한복판에 서 있는 건
오로지 나뿐 아닌가?
뚜벅뚜벅 걸어가는 나는
나들이 되고 다시 나가 됐다가
나는 나들이 되고 다시 나가 되고
숲속을 거닐며 가로수 길을 걸으며
바닷가를 걸으며
나들은 고민하고 방황했지
구름을 떠밀고 다가온
바람에 매달려 물어도 보았다

나는 언제 나들에게서 해방될 수 있을까?

사랑하는 사람의 손목을 꼭 잡았지
인연도 오래 가지 못하는 경우가 있더라지만
나들은 항상 머묾과 떠남 중이었어
그럴 땐 늘 아파 참을 수 없는 고통
한참 이러기를 얼마나 그랬는지 모르지만
얼마 후 혼자 걷게 되었지
나는 나들의 틈에서 빠져나온 나의 본래야
그러니까 나와 나들은 다르면서 같다구
눈에 보이는 나만큼 내가 있는 건 아니지만
나는 니들이 보는 수만큼 있을 수도 있어

방바닥, 침대 위, 거실, 소파, 옷에도
또 다른 나들이 있지
일 년간 모아놓으면 3kg이 넘는대요

지금, 나무에 기대선 나는 누구지?

너, 누구니?

거울을 본다
거울은 세상을 간종그리며
내 뒤통수까지 보여 준다
국민학교 5학년 3반 아이들도 보이고
영숙이도 보인다
오십 계단을 오르내리며 듣던
베토벤의 〈월광 소나타〉도 들리고
최루탄 가스로 범벅 된 회색 도시
4·19가 아픈 6·3세대
노트의 낙서가 등록금 영수증
종로 동대문 경찰서 쪽방을
생쥐처럼 들락거리고
베트남 전쟁은 정치인들의 랩소디
용병傭兵은 부끄럽고 아픈, 슬픈 이름이다
에이전트 오렌지로 범벅 된 벙커
밥벌이의 변명은 끝까지 선택적 오류였다
목련 꽃잎이 꺼멓게 멍들 무렵

선소리꾼은 목이 쉬었다

서른아홉 살 먹은 신랑이 밉살스러워

대관령 찬바람이 따귀를 갈긴다

산사람은 산에서 죽어야 한다?

여기는 설악산 대청봉, 귀때기청 나와라

사진은 만남과 발견과 뺄셈의 예술

떵덩스풀루 근처를 맴돌다가 지금은

냇물과 강물을 떠도는 그림자를 낚고 있다

나는 워낙 궁금한 게 많아

삶의 언저리를 맴돌며 문선文選 중인데

내 묘비명에 적어다오

「여기저기 헤집고 다니더니 꼴좋다」

늦은 밤 일기를 쓰다가

내일의 내가 보고 싶어 은근슬쩍 묻는다

「너, 누구니?」

퐁당 빠지고 말았다

두껍아 두껍아 헌 집 줄게 새집 다오
물가에서 우리는 신랑 각시가 되어
소꿉놀이를 했지
풀로 국도 끓이고 모래로 밥도 짓고
여보 당신 하면서 놀다가
해 질 무렵이면
툭 차버리고 제집으로 간다

우리를 세상에 보낸 집
우리를 간직하다
밥 먹여 다시 내보내는 집
그 집에서 떠나는 날까지
우리는 매일 만나서 놀다가
저녁이면 습관처럼 찾아든다
우리가 이 집에서 영원히 떠나갈 곳
마침내 거기는 어디일까?

무지개 둥근 다리 걸친 곳 거기인가?
회리바람 올라타면 갈 수 있을까?
아니면
저녁노을이 신명난 지평선 그곳일까?
내린천 둔덕 소나무 아래
햇살이 빗질하듯 내리비치는 거기?
그것도 아니면
운해가 걸터앉은 범봉 산마루 거기일까?

파란 하늘을 헤집고 그 너머 세상을 엿본다
못 볼 걸 본 것처럼 얼굴 붉히다가
미끄러져
풍당 빠지고 말았다

신神, 속이 꽉 막힌 독재자

삼천 년 전부터 해온 질문
사람은 왜 태어나고 죽는 거지?

내가 세상에 온 것은
내 마음대로 온 건 아니었잖아요
한 시간 후에 내가 넘어지는 건
누가 시킨 걸까?
내 인생을 연출하는 감독이 있는 거 같은데
어느 감독이
나를 이 지경으로 몰고 가는 거냐고
가는 것만이라도 내 맘대로 할 수는 없나요?

사람의 생각, 무게가 21.3g밖에 안 된다니
밴댕이 소갈머리
삶이라는 게 그 바닥을 몰라 어두운데
촛불도 없어요
누구는 「생각은 곧 존재」라고 떠벌리더라만

생각한다고 뭐 달라지는 거 있나요?

말 좀 하고 삽시다

희곡이 없는 연극은 없잖아요

새까만 어둠 속에서만 살라고 하면

제정신 가지고 살긴 어렵지요

가로등 번쩍이는 포장도로만 원하는 게 아녜요

신작로를 바라는 것도 아니구요

길의 흔적이라도 보여줘야 하는 거 아닌가요?

인간은 어떻게 살아야 하는지도 모르는데

허약하기까지 한 건 왜인가요?

꼬리가 잘려도 재생되는 도마뱀보다 못하잖아요

어떤 동물은 10km 밖의 고기 냄새도 맡는다는데

허약한 건 신체뿐만이 아니라고요

아는 게 개미보다 못할 때가 있다지요

바닷속 물고기들도 지진을 미리 안다는데

인간 뇌의 무게는 1.5kg

작기도 하지만 멍청해요

그러니 서로의 생각을 물어보며 살 수밖에

누군 잘나고 누구는 못나게 만든 건 왜지요?

능력도 심보도 다 다르지요

그런데 나쁜 놈들은 왜 만들었대요?

인간을 「나, 하나님」처럼 만드셨다 하던데*

이 성경 말씀을 믿어도 되나요?

평등을 안다미로 원하는 게 아니라고요

이런 질문을 시작한 지 언젠데

아무것도 달라진 게 없잖아요?

눈이 내려 쌓입니다

커피를 들고 창가에서 음악을 듣습니다

이 장면은 어느 연출가의 생각이래요?

차라리 눈 내리는 들판에 서 있다가

내리는 눈을 계단 삼아

하늘로 올라가면 안 되나요?

설국에서 스키를 타고

세상을 휘젓고 다니면 더 멋있을 텐데

세상엔 몇 개의 우주가 있지요?
나는 그중 어느 우주에 태어나서
다람쥐 쳇바퀴 돌리듯 하며 사는 걸까요?

신神, 속이 꽉 막힌 독재자

* 구약성서, 창세기 1장 27절.

만화 같은 꿈

— 56억 7천만 년이 지나길 고대하며

삼신할미에게 걷어차여

고고呱呱의 소리를 내지르며 쫓겨왔지

어디서 어떻게 왔는지는

몽고점蒙古點에 적혀 있으나 우리는 읽지 못한다네

수성에서 왔을까? 명왕성에서 왔을까?

시리우스sirius 아니면

카노프스canopus에서 왔을까?

내가 이 땅으로 쫓겨 왔을 때는 가관이었지

종교와 정치가 어설피 고삐를 쥐고

만담 같은 시간을 살며, 살아주기도 했는데

개~조~또 모르는 정치꾼들이 꼴값을 떨더군

불꽃놀이인 줄 알았지만 난리가 났고

파도가 힘겨운 여객선 선상에서

불안 공포에 떨었지

요즘 사는 꼴을 보자니

또 쫓겨갈 때가 된 듯도 한데

여기서 쫓겨가면 어디로 가게 될까?

산 좋고 물 좋고 인심 좋은 곳은

이곳에서도 못 살아봤으니

그런 데로 가게 되면 얼마나 좋겠냐마는

쫓겨 가는 것은 분명한데 선택은 아니고

회원권이 있는 것도 아닌

가는 곳을 모르니 답답하지만

마음 편할지도 모르지

그곳이 천당이든 지옥이든

가면 또 쫓겨날 텐데 뭐

언제 사상思想도 주의主義도 없는

그럴듯한 곳에 가서

집도 짓고 꽃을 심으며

아이들을 키우지?

물속에 어리비쳐 일렁이는

해, 하늘, 구름, 나무, 집처럼

만화漫畵 같은 환상 세계를 꿈꾼다
〈고도古都의 봄〉에 유리성을 짓고*
꽃구름 위에 퍼질러 앉아
세상을 희롱하면 안 될까?
〈양귀비 들판〉 건너편 오두막에서**
그대와 사랑을 나눠도 좋겠지요?

56억 7천만 년 뒤에나 만나 볼 수 있다는
미륵불이 빙긋이 웃는다
사람들의 만화 같은 꿈을 넌지시 바라보며

---

* 김병종, 〈고도古都의 봄〉.
** 모네, 〈양귀비 들판〉, 1874, 파리 오르세미술관.

까마귀는 하얀 새다

까마귀는 검은 새다, 그런데
누구는 유금乳金빛이라 하고
누구는 석록石綠빛으로 반짝인다고 하고
누구는 자줏빛이 떠오른다고 하며
누구는 비췻빛으로 어른어른한단다*

까마귀가 날아간다
저녁 햇살 터지는 들판을
마루에 걸터앉아
실눈 뜨고 바라보는데
온갖 색깔이 어른거리며
내 생각을 호강시킨다
내 시야에 날아든 새
까마귀는 하얀 새다

---

* 연암 박지원(1737~1805), 〈능양시집서菱洋詩集序〉에서 인용.

태풍 전날 밤

방파제 위로
사내가 담배를 물고 걸어간다
뒤따라 고양이 한 마리
눈 부위만 확대되면서 사내 등에 업혔다
제목을 〈무동舞童〉이라 하고
바다가 바라보이는 골목길 벽에 붙였다
먼바다와 방조제를 오가며
등대와 첨탑에서 번득이는
성 엘모의 불St. Elmo's fire*
가로등 불빛이 어지러운 광화문 네거리
전조등이 그린 오선지에 걸터앉은 생각들
콩깍지 터지는 소리에
골목을 흘러 다니던 노랫소리가
파랗게 질렸다

하얀 드레스를 끌며 여인이 걸어온다
방파제 위에서 춤을 춘다

춤사위가 난폭해지면서 놀이 친다**

길바닥은 난반사를 질겁하고

정박등碇泊燈이 갈피를 못 잡고 끄덕거린다

방파제를 부딪는 파도는

철써덕대고

---

* 폭풍우 치는 날 돛대와 같은 뾰족한 물체의 끝부분에 나타나는 불꽃.
** 놀: 바다의 사나운 큰 물결을 가리키는 뱃사람들의 말.

야옹이의 눈물

폭격은 모든 걸 다 태웠다
불구덩이에서 살아남은 아무것도 없었는데
잿더미 아래서 굼틀거리는 생명체
털이 그슬리고 다리를 다친 고양이
병사에게 발견되어 생명을 구했다
산화散華한 병사의 품속이 살린 생명

절집 객이 되어 포단蒲團 위에 앉은 야옹이
화염방사기가 내뿜는 불길 속
전장戰場의 까만 냄새를 생각하며 진저리 친다
시신들이 정글 밖으로 들려 나오는 저녁
서녘 하늘은 오늘도 불길 속이다

오늘이 슬픈 산사山寺의 종소리
아직도 정글 속이 뜨거운 야옹이는
하얀 앞발을 가지런히 모으고
눈을 씀벅거리며 떨어뜨린 눈물

부처님 손바닥에도 괸 눈물

나비 한 마리 법당 안으로 날아든다

냇바람에 묻어온 진혼나팔 소리

법당 앞

돌탑을 맴돌고

오늘 떠나서 어제 도착했어요

오늘 떠나서 어제 도착했어요
배우는 이렇게 말하고 관객을 노려보았다
내가 오락가락하기를 밥 먹듯 하던 때였다
수백 마리의 날벌레가 귓속을 드나들었다
나는 바짓가랑이를 걷어 올리고
개울 속으로 걸어 들어가고 있었지
나중엔 집을 찾지 못해 미아가 되고 말았지만

나는 머리가 아파 감싸 안으며
괴성을 질렀다
그러다가도 문득 정신이 제자리로 돌아와
대한민국 헌법을 달달 외며 돌아다녔는데
사람들은 나를 미친놈이라고 하지는 않았다

꽃구름이 예쁘던 날
나는 내 방에 있었다 침대에 묶여
그리고 깊은 잠에서 깨어나질 못했다

어머니는 내게 젖을 물리기도 하고
등을 토닥이며 어르고 있었다
나는 물고기를 잡는다며 냇가를 첨벙거렸다

시계는 저기압 왼쪽으로 돌고
나를 깨운 것은 기차가 멈춰 서는 소리였다
내가 터무니없이 비난받는 것은 잘못이다
나는 유치원도 대학원도 다녔다
나는 벽壁을 나쁘다고 흔들어 부쉈다
그렇다, 벽은 나쁘다
그러면서 나는 담장을 쌓기 시작했다
담장 위 호박잎에 앉아 거만스럽던
버마재비가 당랑螳螂을 아작아작 씹어 먹고 있었다

오늘 떠나 어제 도착한 배가
안드로메다를 향해 항구를 떠났다
내 이름이 탑승객 명단에 있었다

사는 것도 예술이래

사는 게 우습잖아?
꼴값 떠는 게 가관이지

글쎄
사는 것도 예술이래

그럴까?
예술가에게 가장 해로운 것은
뻔한 것 습관에 불과한 것이라던데*

그래?
유별난 짓을 해야 한다구?
알몸에 물감칠하고 돌아다니는 거
온몸에 덕지덕지 문신을 새기고
동성애라는 것도 하면서 말이야
박스녀box girl도 있어
뚫린 구멍으로 자기 몸을 만져달래

바지 벗고 지하철 타기도 있다는데

평창군 하진부
그 집 된장찌개
맛이 예술이었지
그렇지?

---

* 사진가 에드워드 스타이켄의 말.

예술적으로 잘난 체하는

예술이 뭐야? 왜 멀쩡한 귀를 도려내고, 비 오는 밤이면 벌거벗고 나무에 기어올라 괴성을 지른다지? 캔버스 위에 오줌 누고 빗질하듯 뭉개기도 하면서, 딸아이 홀딱 벗겨 돌사진을 찍고 「고추면 다냐」 소리친 여자도 있었어, 대통령들을 댄서로 둔갑시켜 쿵쿵 짝짝 웃긴 애들도 있었지.

예술이 뭐지? 여자들을 제 무릎에 앉혀 주물럭거리고, 커다란 비닐봉지로 남자 성기를 만들어서 가지고 노는 그녀. 남들을 욕보이는 그림을 그리면서 자기가 잘나서 죽겠다는 상판은 무슨 심보냐구. 비가 올 듯 축축한 밤이면 자살하는 이들이 많은데 고층 빌딩 옥상에 올라가 번지점프하듯 멋을 부리며 죽는다, 예술가는 이래야 한다면서. 그런데 이런 죽음을 기억해 주는 사람은 별로 없다. 예술을 앞세워 나쁜 사상도 힘만 얻으면 정의가 되고, 바른 생각을 가진 이들이 방관하면 나쁜 놈들의 세상이 된다. 부정과 결탁했어도

자살하면 영웅시하는 너그러움도 유행하는데 자기들
의 부정을 숨기고 싶어 그러는 줄 우리는 빤히 안다.

역사는 폭력적이고 비열하다
살인은 역사의 시작이었다
역사는 때로 예술처럼 위장한다
아이들을 만들고 가족을 꾸리는 것도 예술이고
그 아이들을 키워 짝짓기하는 일도 예술이다
폭약을 메고 불속으로 기어드는 것도 예술이래
하늘나라에 가서 천만 배 보상을 받는다나?
예술적 죽음이라면 방 안을 백합으로 그득 채우고
〈죽음과 소녀〉를 들으며 죽는 방법도 있는데*

시가cigar를 물고 저녁놀 등진 항해
예술 같지?
아냐, 예술적으로 잘난 체하는 거지

---

* 슈베르트, 현악 사중주 14번 D단조 〈죽음과 소녀〉, 1826.

담배 한 대 꼬나물고

담배 한 대 꼬나물고
죽은 전우를 생각한다
그는 내 품에서 맛있게 담배를 피우고
갔다

삶의 배낭은 늘 우울하다
우울은 황폐한 늪
늪 속의 물고기는 샘물을 찾아 꼬리를 젓는다
열심히 담배를 피우며 그 늪을 살았던 사람들
    오상순, 천상병, 프로이드
    처칠, 맥아더, 아인슈타인
맥아더는 시가cigar를 물고 함선에 올랐고
천상병은 담배를 피우며 아이처럼 하얗게 웃었다

담배 한 대 꼬나물고
금강산 비로봉에 올라 가부좌 틀고 앉아
몽실몽실 피어오르는 구름을 뜯어

시를 쓰고 싶다

담배 연기처럼

구수한 시를

새들도 쪼아 먹을

맛있는 시를

내 생각이 길을 가고 있지만

내 생각이 여울 돌처럼 바스락거렸다
밤새 뒤척이며 그 소리를 들었고
모래바람을 마시며 걸었다
사람 사는 지혜가 유별난 사막
산티아고의 보물이 거기 있을까?*
천사가 그곳으로 안내할지도 모르지
어쩌면 다른 길로 가고 있을는지도 모르는데
다시 이곳으로 올 수 있을까?

사막의 여우가 날 바라보고 있는 새벽
여우는 나에게 길을 일러주지 않았다
나는 그냥 사막의 언덕길을 걸었다
가다가 텅 빈 하늘에 뜬 새를 보았다
새는 오도 가지도 않고 있었다
하얀 소리가 모래 언덕을 미끄러지더니
발가락 사이로 모래알이 끼어들어 불편한데
갈 길은 처음부터 있지도 않았다

길가엔 잡초도 꽃도 없고
낙타는 꿈을 꾸면서 걷기만 한다
사막의 여우는 아직도 날 바라보고만 있었다

내 생각이 산양처럼 의심의 눈초리로
길을 가는데
두리번거리며 사막의 언덕길을 가는데
시간은 눈치 없이 뒷걸음질 치고
히잡 쓴 이슬람 여인도
페르시아 공주도 얼씬없었다
뜨거운 모래바람이 등짝을 때리면서
갈 길만 재촉하고

---

* 산티아고: 파울로 코엘료의 소설 〈연금술사〉에 나오는 양치기 소년.

나를 키운 건

자기를 키운 건

팔 할이 바람이라고 한 사람이 있는데*

나를 키운 건 팔 할이 매였다

   파리채, 회초리, 장작개비

   싸리비, 방망이, 부지깽이

손에 잡히는 대로 맷감이 되었다

나는 매 자국을 문신하고 살았다

조상님의 축복이런가 시샘이런가

십 남매가 복닥거리는 돈암동 성곽 아래 판자촌

엄니의 신들린 매질

장남이 누릴 몫은 매맛을 아는 슬픔뿐이었다

그동안 짊어진 삶의 무게가 얼마나 무거웠던지

세월이 기억해 주길 바랐지만

뒤돌아보니 들풀만 무성할 뿐

기억은 삐딱한 모자 쓰고

건들건들 제 길만 가고 있었다

---

* 미당 서정주의 시 〈자화상〉.

작품 〈그날〉

까맣게 익은 밤[夜]을 캔버스 삼아

그림을 그린다

잿빛 펜으로 미리 구상했던 선을 긋고

사이에다 사이마다

가슴에 고인 색깔을 찍어 바른다

온몸을 불태워 달구어진

검붉은 함성이 때굴때굴 굴러다니고

화포畫布에 한 줌씩 화약도 뿌린다

산사에 스며든 석양보다 더 애절한 빛깔

범종의 울림처럼 화판을 때리고

참고 참았던 울음을 새겨넣는다

폭격당한 도시가 시나브로 침몰한다

바다 저 밑 해구海溝까지

원래 뜨거운 피가 부글거리는

도시였어야 했다

오늘 그 도시에 꽃송이들이 떠내려온다

소용돌이치는 섭섭한 생각들이 발길을 멈추자

막을 내리며 조명도 꺼진다

그래도 아직 아쉬운 가슴이 시려

물감 통을 휘돌려 던진 마지막 발광 후

도시는 상처에서 가시를 빼내고 있었다

말라붙은 노란 고름 딱지를 떼고 있었다

우리의 잘못은 술 한잔 나누지 못한 데 있었다

보이지 않는 것도 볼 줄도 알아야 했는데

그렇다 처음부터 데면데면했었다

다시 막이 올랐다

얼어붙은 계곡 속으로 봄이 녹아 흐르는데

나뭇가지마다 눈꽃이 피었다

눈이 게슴츠레 풀린 화가는

딱따구리 소리를 내며 그림을 내려놓는다

슬픔이 아직도 슬픈 그림

작품 〈그날〉이 완성되었다

무대 위로 캔버스 〈그날〉을 들고

〈퇴장〉 글자도 선명한 입간판을 짊어진

어릿광대가 무대 밖으로 나간다

생각 꼬투리 잇기

풀밭에 앉아 강아지와 놀고 있었지
강아지는 날렵한 발질로 풍선을 날리더군
졸음을 견딜 수 없어 거길 떠났지
집에 돌아와 색종이를 오려 그림을 만드는데
따라온 강아지
다소곳이 바닥에 배 깔고 눈만 말똥거린다
나는 그녀와 걸어가는 걸 생각했지
강아지도 내 등 뒤에 붙어서 꿈을 꾸나 봐
나비를 잡겠다고 긴장하더군
나는 손바닥 위에 나비를 올려놓고
강아지에게 내밀었어
바다가 흰 구름을 머금고 출렁이는데
나비는 훨훨 날다가
파도 위에 앉아 수다를 떨더군
수평선 멀리서 아침 해가 성큼 걸어오다가
아이들과 숨바꼭질하는지
구름 속을 파고 들어가 몸을 숨기데

나도 그녀와 바닷속으로 기어들어가

부둥켜안고 사랑했지

문둥이박쥐처럼 실컷*

파도가 모래톱으로 스며들면서

숨박질을 끝낼 때까지

---

* 문둥이박쥐: 수컷이 암컷의 외음부에 성기를 대고 삽입 없이 짝짓기한다.
  1시간에서 길게는 12시간에 걸쳐 이루어지는 비삽입성 교미는 조류에게
  는 일반적인 번식 방법이지만 포유류는 드물다.

백마강 물빛 같은

꿈속에서 본 그 길이 낯설지 않아
가볍게 걸음을 재촉한다
마지막 다다른 언덕의 끝, 벼랑 위에서
치마를 뒤집어쓰고 고쟁이 차림으로
백제의 궁녀들이 몸을 던졌다던
낙화암 그 바위에서
잠시 머뭇거린다
나를 꼬드기는 바람의 냄새가
달빛 머금은 이슬처럼 촉촉하고
절벽은 나를 흔들기에 적당하였다
치마폭처럼 넓은 강물은 어서 오라 반겼고
뒷심 좋은 강바람이 자꾸 등을 떼밀었다
낭떠러지도 내쳐 나를 손짓한다
백마강 벼랑 위 오롯이 자리 잡은
벨벳 저고리가 예쁜 할미꽃
각시 입술보다 붉은 낯으로 배시시 웃는데
나는 할미꽃을 꺾다가 미끄러져

삼천 궁녀들이 강물로 뛰어들듯

절벽 아래 강물로 떨어졌다

폭탄 맞은 듯 강물엔 커다란 구멍이 뚫리고

물속을 빠져들어 한참을 내려가다

솟구치며 떠오른 나는

강물을 거스르는 바람에 얹혀

어렵사리 고란초가 듬성한 강변에 닿았다

구름다리 건너 솔숲을 지나고 있는데

꿈길의 강물이 천연스레 들려주는

백마강 물빛 같은 전설

듣는다

청승궂은 달밤

낙엽 쓸리는 소리가 잠을 깨운다
달빛을 등불 삼아 청승을 떤다

눈치를 보니
다들 갈 때를 짐작하는 모양이던데
거기가 어딘지 별반 아는 게 없네
사랑으로 짝을 이뤘어도
함께 가는 것이 아니라는 걸
어깨동무하고 노래했어도
같이 가는 것이 아니라는 걸
그냥저냥 안다는 게 고작 이뿐인데
앞서거니 뒤서거니 하면서 올 때처럼 간다지?
벌거벗고 왔지만 수의 한 벌 입혀 준다니
흉한 꼴은 보이지 않을 거라 안심하며
나비처럼 날며 꽃밭 순례 여념 없구나
꽃 지고 단풍 들고 그다음은 뭐야
철들어 알기는 아예 글렀고

오늘도 어김없이 해는 서산을 넘네

턱을 괴고

흩날리는 낙엽을 바라보다가

그래

그렇게 떼굴떼굴 굴러가는 거라고?!

바라카트 미술관에서

바라카트Barakat 미술관 야외 전시장에는
온갖 색깔의 물감을 뒤집어쓴 자동차가 있다
주변 나무와 석상들과 어울리지 못하고
홀로 전시장 구석에 쭈그리고 있다가
오늘은 나에게 다가왔다
너울 쓴 여인이 걸어 나오고
차에서 남아공 신사와 숙녀가 내렸다
마당 한가운데 비너스상 옆으로 가더니
옷을 훌훌 벗어 던졌다
그리고 작품이 되어 표정 없이 관객을 맞았다
자동차의 색상은 꽃잎이 되어 꽃밭을 이루고
비너스 동상은 이미 관람객에게 안겨 있었다
전시장 실내에 있던 온갖 조각품들도
밖으로 쏟아져 나와 춤을 추는데
그들은 한결같이 성기가 도드라졌다
주변 사람들은 함께 춤을 추기 시작하고
전시장 가마솥이 부글부글 끓어오를 무렵

검은 구름이 다가와 쇳소리를 냈다
야외 전시장이 어쩔 줄 몰라 갈팡질팡하는데
회리바람이 전시장을 감싸고 날랐다
소나기가 내리퍼부은 후
모두들 각자 제자리로 돌아갔다
울긋불긋 자동차도 있던 자리로 돌아가고
꽃들만 싱싱하게 생기를 되찾았다
맑게 세수한 조각품들은 빙긋 웃고
바라카트 전시장은 다시
새 손님을 기다리며 새침한데
나는 전시장을 나와 삼청동 길을 걷는다
동자보살이 춤사위로 뒤따라오며
「얼쑤」 추임새를 넣었다

그노마가 갔다 카네

「그노마가 갔다 카네」*

꼭두새벽에 전화가 왔다

「갈 데가 먼 곳인가? 서두르게」

나는 담담히 전화를 받고 창밖을 보았다

가을 나무들이 이파리를 떨구고 있었다

자식이 다리를 절더니 빨리 갔구먼

그리 산을 싸돌아다니더니

끊긴 전화에 대고 중얼거렸다

오래 산다는 건

다시 살러 가는 곳이 멀지 않아서겠지

가야 할 곳이 멀다면, 먼 나라라면

비행기 타고, 기차 타고, 또 버스로 갈아타고

그러고도 한참을 더 걸어가야 한다면

일찍 서둘러야 할 거야

뜻밖에 부름을 받고 가는 것도 속상한데

순순히 따르라고 한다면 너무 섭섭할까?

아니야 올 때도

어디서 어떻게 왔는지 몰랐잖아

가는 곳도 마찬가지일 텐데 뭘

우리도

어느 날 불쑥 사자가 찾아와 가자고 하면

묵묵히 그냥 따를 뿐

갈 곳을 알려고도 묻지도 말기

오두방정 요란 떨지 말기

* 「그 사람이 죽었다고 하네」를 친근하게 일컫는 경상도 말투.

시를 쓰면서 놀면

시를 쓰면서 묻는다

어떻게 살아야 하지?
나중에 어디로 갈 건데?
묻지도 알려고도 말고 그냥 살기만 하라고?
사람들은 「그냥」이란 말을 좋아하지 않아요
번번이 두루뭉술 물에 물 탄 듯 왜 그래요?
정치꾼처럼 잘도 빼요
바람결에 묻어오는 냄새가 역겹던데
　　분노 질투 인색 교만
　　탐욕 나태 음욕 살인
요놈들을 한강 둔치에 옮겨 놓고
공기놀이하듯 가지고 놀다가
하나씩 한강물에 퐁당 던져버리면 안 될까?
아난다마이드anandamide가 막 솟아나네
돌개바람을 타고 강물 위를 날다
대붕大鵬을 만나면 세계여행이나 해야지

마하mach의 속도니까 어지러우면
남태평양 한적한 섬에 내려달라고 하든가
아니면
별나라에 가서 별사탕을 먹든가
은하수에 가서 찰방찰방 물놀이하면 어때

그래, 이런 것도 시 라고 쓰면서 놀면
남우세스러워 그렇지 심심치는 않을 거야

거룩한 분노는

미어캣meerkat이라는 귀여운 동물 있지요?
우두머리 암컷은
딸들이 허락 없이 새끼를 낳으면
바로 죽이고 먹어 치워요
여자애들을 잡아
해와 달빛을 막은 창살 속에 가두고
성性의 노예로 만든 놈이 있었지요
사람들은 그 집에 돌을 던지며 증오했어요
무지막지한 짓거리를, 인면수심人面獸心의 수치를
암놈은 교미가 끝나면 수컷을 잡아먹지요
담장에 앉아 「내가 언제」 딴청 피우는 사마귀
으슥한 골목
놈은 뒤에서 여자를 걷어차 둘러메고 성폭력
나를 「놈」이라고 하는 「놈」은 누구야?
되레 성깔 부리는 놈
어떤 곤충은
성기로 암컷의 배를 찔러 상처를 내고

제 정자를 쏟아 부어 정받이합니다

아득한 시대부터 지금껏

정조대를 사용한 사람들이 있다지요

굴욕의 역사는 인간뿐만이 아니었어요

빈대란 놈은 짝짓기 후

아예 암컷의 질을 찐득한 물질로 막아버립니다

사내가 여인의 아랫배에 문신을 새기듯이

I Love You, 하트 문양과 함께

우리는 들판에 널린 적군의 시체를 향해

확인 사살했지요

증오의 눈빛을 총알 튀듯 번득거리며

포탄이 날아들고 네이팜탄 투하

벌거벗고 울면서 길거리를 도망치는 소녀

고통은 두렵다, 차라리 순간의 죽음을 달라

그러나 놈들은 잔인하게 웃으며 말한다

「맛있게 익고 있잖아」

나는 놈들에게 기관총을 갈기며 말했다

「그래, 뜨거울 때 한 방 먹어봐라」

아, 거룩한 분노는 종교보다도 깊다*

지옥을 아세요?

죽음의 신 타나토스의 안내로
명계冥界 밑바닥 타르타로스로 왔지
이날 야단이 난 거야
울고불고 세상이 뒤집힌 것처럼
난 거짓말 안 하고 하는 말인데
그냥 편안하더라구 아프지도 않고
그럭저럭 가라는 곳으로 왔지
사람들은 여길 네크로폴리스라고도 한대
와 보니 먼저 온 친구들이 많아
신들의 음식을 훔쳐 먹다 잡혀 온 탄탈로스
헤라를 강간하려다 끌려온 익시온
첫날밤에 남편들을 죽인 디나오스의 딸들
의적으로 이름이 드높던 임꺽정
김정은에게 살해된 김정남도 반가워하고
서경덕과 황진이는 여태껏 사랑 타령
케네디 대통령이 악수를 청하네
암튼 낯익은 친구들이 꽤 보이더구먼

카오스의 세계로 들어와

낯설어 갈 곳을 모르고 이리저리 헤매는데

대지의 신 가이아가 도와주어

마음 편하고 자유롭게 지낼 수 있었어요

하루는 어둠의 신 에레보스가

밝은 어둠의 세계를 보여주었지

땅속엔 금은보화가 널렸더라고

백금 천금석 에메랄드 홍보석 황옥 자수정

철 구리 석탄 원유도 무궁무진이야

비나 눈도 내리지 않고

덥지도 춥지도 않은 쾌적한 날씨

강물과 냇물이 있어 초원이 아주 넓었어요

나는 졸지에 왕자가 된 기분이었다고

누워 잠만 자는 사람들을 다 깨웠지

천상에서는 꿈도 못 꾸는 재화를 보여주었어

집 짓고 다리 놓고 길 만드는 거야

우리가 최고잖아

우리는 타르타로스의 기적을 꿈꾸면서
밤낮을 가리지 않고 일했지
석 달 열흘 후
우리는 해냈어 황금 도시를 만든 거야
황토로 길 내고 황토방 짓는 거 말이야

지옥에 가면 어쩌고 하면서 겁주지
그거 뻥이야
처음부터 지옥이니 연옥이니 하면서
종교쟁이들이 을러메던 말들은 말짱 거짓말
어디를 가나 살게 마련
천국과 지옥이야 마음이 만드는 거 아닌가
어쨌든 천상만큼의 거리 반대편에 있지
여기까지 온 사람들도 많지는 않아
처음엔 다들 슬퍼했지
나락으로 와서 무섭고 서럽다고 울기만 했어요
그러나 천상만큼 행복한 곳이라고 생각하자

마음이 편해지더려고

복이 터지려고 그랬나?

지상 세계보다 살기가 더 좋은 거야

우리는 이곳에다 샹그릴라를 만들었지

지상 낙원이 아니라 지하 파라다이스 말이야

아담과 하와가 노닐던 에덴동산 그대로

물론 사과는 따먹지 않았지

그런데 말이야 왔다 갔다 하다 보니까

어두워 앞이 안 보일 때도 가끔 있는데

어머니 자궁 속 아닌가 싶기도 해

설핏 풋잠이 들었었나?

깨고 보니 고흐Gogh가 석양을 붓질하고 있네

밥상 앞에서 눈을 비비고 보니

수저와 밥그릇이 온통 금과 은과 자기瓷器

나는 눈을 껌벅이며 아내에게 물었지

「지금 내가 어디 있는 거야」

아내는 웃으며 내 볼때기를 쥐어흔든다

나는 또 물었다

「당신, 지옥을 아세요?」

3부

잠꼬대한 걸 가지고

구름과 야포 | 변홍섭

내 아버지는 광대였다

내 아버지는 광대였다
장날을 따라다니며 약을 파는 약장수였다
비가 오는 날이면 시골 여인숙 대청마루에서
오징어 굽고 소주 마시며 세월을 노래했다
어린 여자는 눈물 찍어내는 노래로
딴따라를 흉내 냈고
젊은 광대는 차력으로 박수를 받았다
보따리 보따리 나뒹구는
   만병통치 보약, 부인들의 화병약
   남정네들 정력 강장제, 소화제
   감기약, 피부약, 무좀약, 해열제
   소독약, 구두약, 칫솔, 치약, 비누
   바퀴벌레약, 좀약, 파리약, 모기약
이동하는 약방이었다
자칭 국민 건강생활 선전대였다
장돌뱅이라고 말하면 서럽고
약장수라고 해도 섭섭한 만물상 사장님이었다

장날, 시장 한 귀퉁이 천막이 본사였다
「여보시오 할머니, 등에 업고 있는 손주한테
무신 덕을 보겠다고… 에구 그냥 깔고 안즈슈」
막말 만담으로 배꼽을 뽑아내는
세월 따라 떠도는 약장수
없는 거 빼고 다 있는 만물상 사장님이었다

일 년에 딱 두 번 설날과 추석
늦은 밤에 들어와
아이들 양말에 돈 몇 푼 쥐여주는 가장家長
그것이 우리 아버지였다
그래도 엄니는 감격하고 또 아이를 낳았다
내가 월남에서 전사했다는
통지를 받던 날
아버지는 목놓아 울었다고 한다
그날 이후
아버지는 방구들을 지고 말을 잃었다

나는 밤마다 집에 돌아와

아버지를 위해 노래를 부른다

차르다시를 흉내 낸 춤도 추고*

우스갯소리도 하며 아버지를 즐겁게 했다

C-레이션 안주에

조니워커도 따라 드리며 효도했다

새벽엔 다시 국립묘지로 돌아와야 하는

나는 착한, 약장수의 아들이었다

---

* 차르다시Csárdás: 비토리오 몬티(Vittorio Monti, 1868~1922)가 1904년에
  작곡한 헝가리 민속 춤곡.

코리안 디아스포라

망국의 백성
피눈물 훔쳐 가며 살던
산다는 게 짐승 살이나 다름없던 때
지나가는 달님에게 고국故國을 물으며
하와이 벌판에서 노예살이하던
조선인들이 있었다

그들은 치타처럼 달렸다
머리를 곧추세우고
흔들리는 세상살이
넘어지지 않기 위해
쓰러지면 일어서지 못할 세상
이기기 위해
머리를 치켜들고
눈동자도 굴리지 않고
앞만 보고 달렸다
치타처럼 뛰었고

치타처럼 살았다

길가에 그들의 묘비가

하와이 사탕수수밭

적막한 들판을 지키고 있었다

동풍에 얹혀 오는 고향 소식 들으며

두 다리 쭉 뻗고

노랫소리 덮고 잠들어 있었다

「울 밑에 선 봉선화야 네 모양이 처량하다」[*]

---

* 1919년 3·1운동 직후에 나온 김형준 작사, 홍난파 작곡의 노래 〈봉선화〉.

책상에 햇살 드니

책상에 햇살 드니
보이지 않던 먼지가 버글거린다
펼쳐놓은 책 위에는 글자들이
날파리처럼 날아다니는데
길 잃은 글자들은 좀처럼 제집을 찾지 못한다
무슨 할 말이 있는지 저희끼리 수군거린다
바람이 글자들을 날려버려도
자석에 쇳가루 붙듯 다시 모였다
나에게 할 말이 있느냐고 물으니
아직은 아무것도 없는데 조금 더 기다려 보란다

글자들은 서로 무언가 말하려고 하다가
다시 언성 높여 다툰다
삿대질도 모자라 손찌검하도록
나는 우둔하여 그들의 싸움을
부추기기만 했다
책상 위 먼지나 훔치며 기다려야 했다

며칠 후

나는 글자들의 난투가 끝난 걸 알았다.

이 책은 첫 장부터 한밤중이었는데

할퀴고 물어뜯고 피칠갑하더니

새벽에야 노란 싹이 얼굴을 내밀었다

마침내 이파리들이 초록빛을 띠더니

싱그러운 모습으로 내게 다가오고 있었다

〈뚱뚱한 모나리자〉처럼 함박꽃 둥근 웃음*

벙글거리며

---

* 페르난도 보테로, 〈뚱뚱한 모나리자〉. 레오나르도 다빈치의 〈모나리자〉를
  패러디한 작품.

화가 구서란

W 미술관 전시실

화가 구서란이 들어선다

먹물 든 양동이와 커다란 붓을 내려놓고

옷을 벗는다

몸을 가린 온갖 겉치레를 내려놓는다

벌거벗은, 매혹적인 여인

붓을 들어 먹물을 찍어 바른다

젖가슴부터 흘러 내려오는 먹물

구서란은 요염한 흑인이 되었다

두 손을 높이 들고

하늘에 기원하듯 부들거리는 몸짓

중얼거리며 휘청대며 사방을 뛰어다니는데

원무가 그려낸 바닥에는 형상形象이 만들어졌다

전시실 바닥에 몸을 뉘었다

몸은 도살장에 던져진 사체死體

화선지가 두껍게 깔린 화포畵布 위

각개전투하듯 철조망 밑을 긴다

좌로 우로 떼굴떼굴 구르는 몸뚱이
두 손 들어 비비며 기원하는 듯싶더니
엎어져 몸을 비틀며 꺼이꺼이 운다
비명을 지르며 대사臺詞를 공중에 던지고
머리카락을 붓 삼아 글자를 쓰는가 싶었는데
일어나 무릎 꿇고 바닥에 고개를 떨어뜨렸다
정사情事 뒤에 몰려드는 열락悅樂의 피로
조명이 꺼지고 컴컴한 전시실엔 고요뿐
상념想念이 한바탕 놀고 간 공간

화가 구서란은 전시실 모퉁이에 쪼그려 앉고
먹물과 몸의 율동이 만든 그림은
전시실 바닥에 누워 관객을 맞이한다
사람들은 말한다
아프다

떵덩스 플루*

고층 빌딩에 올라도

깊은 바닷속으로 내려가도

어지럽고 흔들린다

새와 물고기도 그걸 알까?

강물은 쉼 없이 불어나고

산은 주먹만큼씩 깎인다

무덤 속의 시신도 움직인다

사람의 키는 컸다가 다시 작아지고

역사는 찰나刹那라는

떡고물을 묻혀 가며 부푼다

시간 속에 멈춰 선 존재는 없다

변화하지 않는 것은 변화한다는 사실뿐

모든 생명은 움직이는 힘으로 성장한다

심장 박동과 긴장된 순간의 떨림

이것들의 조합이 피사체를 마냥 흔든다

나는 어지럽도록 춤추는 이것들을 사진寫眞한다

필름을 묶어놓고 셔터를 마구 누르는

다중多重

촬영撮影

<hr>

* 떵덩스 플루Tendance Floue: 미세하게 흔들린 경향의 사진. 프랑스의 젊
은 사진가 단체.

시부렁거리기

밝은 달이 창문을 기웃거리면
나는 잠꼬대하듯 달빛과 이야기한다
내가 가는 이 길이 맞는지 묻고
뚜벅뚜벅 산길을 오른다

별 하나 지고 새로운 별이 보인다
한 친구가 가고 새사람이 오는 모양이다
멀리 강변을 서성이던 나무 한 그루
강둑길 따라 걸어오는 새사람을 맞는다
시원한 그늘 만들어 그를 쉬게 하고

대숲이 우거진 길
바람 소리 서걱거리며 지나치더니
몇 사람이 앞서거니 뒤서거니 간다
말없이 앞만 보고 간다
골목길 지나 신작로를 걷다가
에움길로 돌아들어 비탈을 오르겠지

등성이 너머에 그들의 쉼터가 있을 거야

산에 올라 멀리서 바라보는
세상은 아름답지?
내려가 보면 시궁창도 있지만
멀리서 보면 잘 그린 그림이야
아이들은 거기다
강아지와 고양이, 꽃과 나무도 그리고
제목을 〈에덴동산〉이라고 쓴다
잘 차려입은 남자와 여자도 그려 넣기에
내가 말했지
「어린이는 에덴동산을 모르는구나」

로즈메리 사랑

꽃시장에 가서 로즈메리와 라벤더를 샀다
오후에는 풋잠이 들었다
냉기를 뿜어내는 얼음 궁전과 많은 사람
얼음판 위에 세워진 뾰족 건물들이 우쭐거리고
소녀들과 아이들과 연인들은
건물 사이 꼬부랑 골목길을
춤추며 노래하고 다녔다
나는 영이와 함께 있었다
그녀는 내 품에 안겨 콧노래를 흥얼거렸다
우리는 스펀지케이크처럼 말랑대는 얼음 계단을
사뿐사뿐 뛰어오르고
비탈길을 설렁설렁 내려가며 휘파람도 불었다
무희처럼 얼음판 위에서 율동하고
거울아 거울아 세상에서 누가 제일 예쁘니?
서로를 바라보며 묻기도 하고
하얀 바위가 보이는 언덕에 올라서서
야호 소리도 외쳤다

우리는 부둥켜안고 있다가
커다란 바위가 되었는데
들판에 눈이 내리자
팔짱 낀 눈사람으로 변했다
영이와 나는 눈을 맞으며 입맞춤하니까
로즈메리 향기가 우리를 꽁꽁 묶어 버렸다
눈이 꽃잎 지듯 날리는 거리에서
〈Scarborough Fair〉를 듣는다
사이먼과 가펑클이 손짓하며
사랑과 그리움을 말해주었다

화엄사 각황전 설화

옛날 옛날 아주 꼬꼬지 옛날, 어떤 화주승이 길을 가
다가 만난 할머니에게 절간 지을 시주를 권했더랍니
다. 할머니는 눈물을 흘리면서 먼 후일 왕실에 환생하
여 시주하겠노라고 말한 뒤, 연못에 퐁당 몸을 던져
죽었답니다.

그 후 7년 뒤 화주승은 백설공주보다 더 예쁜 일곱 살배
기 공주를 만납니다. 깜찍한 공주는 태어나서 지금껏 한
쪽 손을 움켜쥐고 펴 보인 일이 없었는데 살며시 펴서
화주승에게 보였더라지요. 손바닥에는 장육전丈六殿*이
라고 쓰여 있었는데 지켜보던 사람들이 놀라워했습니
다. 아비 되는 숙종 임금, 이 소식을 듣고 감명하여 지
리산 화엄사華嚴寺에 각황전覺皇殿을 세우니, 세상이 비
질한 마당보다 깨끗해지고 백성들은 달나라 토끼처럼
떡방아를 찧으며 태평성대를 노래했다고 합니다.

햇살 곱던 날, 대웅전 지붕에서 놀다 날아온 비둘기
한 쌍이 뜰로 내려앉았다. 그리고 먼 옛날이야기를

들려주었다. 나는 빨간 댕기 고운, 일곱 살배기 공주
도 보았다.

---

* 장육전丈六殿: 670년 신라 문무왕 때 의상대사가 건립한 불전으로, 임진왜
　란 때 소실되었다.

쿠오바디스

독수리 육아법은 잔혹하고 슬프다
잠자리를 가시나무와 뾰쪽 돌로 깐다
형제간에도 경쟁시켜 이기는 놈만 살린다
인간 육아법은 교활하다
아이들이 맘껏 노는 꼴을 못 본다
아기가 태어나 첫돌이 지나면
어린이집을 시작으로 교육이란 걸 시킨다
인간만이 가지고 있는 아주 독특한 육아법
문화 인큐베이터 속에 가두고
자기들만의 생활 관습과 지식을 이어받도록
20년 넘게 감시 관찰하며 학습시킨다

그런데 인간이 만든 문명은 날이 갈수록
지구를 파멸의 나락으로 내몬다
기껏 한다는 짓이 자기들의 보금자리를
야금야금 좀먹어 못쓰게 만드는 거다
불편했던 사회생활이 더 인간적이고

부족하기만 했던 삶이 더 행복했었다는
역설적 진실을 무작정 외면하고
이 시대가 만들어내는 사회는 꽃밭이 아니라
이산화탄소 플라스틱 콘크리트로 장식한
죽음의 성이다
결국 개미는 개미지옥에 갇혀 죽는다

인간 문화 인큐베이터 속에서
무궁무진 기획 생산된 무람없고 야발스러운
인간 문명에 휘둘린 지구가
링거주사를 꽂고 있는 오늘
우리에게 내일은 올까?
쿠오바디스*

---

* Quo Vadis: 폴란드 작가 헨리크 셍키에비치의 소설(1896년). 1951년 영
화화되었다.

놀았다 신나게

놀았다 신나게

신사 숙녀로 위장하고 비단을 휘감아 날리며

번개춤 추면서 놀았다

모든 사랑을 인간적으로 허용해야 한다?

우리는 참 단순하지? 똥개도 아니고

영화 〈2012〉*

놈들이 경고한 마지막 날이 오고 있다

잭슨 커티스는 가족을 온전히 대피시키지만

사람들은 「어차피 모두 다 죽어」라고 떠들며

벌떼처럼 노래 부르며 다녔다

먼 길 가는 데 길동무가 필요해 하면서

길을 건넌다 강을 건너고 바다를 갈랐다

언제 내려왔는지 모를 섬뜩한 회리바람이

길바닥에 웅덩이를 파기 시작했다

몸을 댕구알처럼 구부리고

찢어진 날갯죽지를 추스르며

아닐 거야 영화잖아 도리질 쳤지만

발목이 질퍽한 수렁에 빠지면서 몸뚱이가

물에 잠기고 바닥을 구르던 돌이 정강이를 쳤다

계류는 놀이를 삼켰고

노랫소리는 마디마디 잘려 나갔다

하늘가를 배회하던 수리가 내려와

널브러진 외마디를 주워 물고

시간 넘어 강 너머로 훠이훠이 날아가 버렸다

일탈이 한잔 걸치고 어깨동무하던 밤

본디로 옮아가기 직전

살아남은 자의 기억에 저장된 필름이다

---

* 영화 〈2012〉: 지구 멸망설을 내용으로 한 재난 모험 영화. 현대판 노아의
방주 이야기로 일컬어진다.

잠꼬대한 걸 가지고

나는 거길 얼마나 좋아하는지 몰라

설악산 해발 1244m 봉정암에는

아주 시원한 생수가 솟지

부처님 것인데 우리가 훔쳐먹는 거야

알라 후 라 단Ala Hu La Dan 하지만*

우리는 나쁜 년, Jotto 이런 노래도 듣고 산다네

　　「Jotto 관심이 없어 Jotto 상관이 없어

　　Jotto 반갑지가 않은데 Jotto 돌아가줄래」**

에레이, 개좆도 모르는 잡것들이

정치를 한다고 지랄이야

부끄러움 속으로 빨려 들어가는 몸뚱이

오줌을 갈기며 노래를 불렀지

이러구러 어렵사리 태어나긴 했지만

엉덩이를 까고 콧물 핥고 다녔다나

코이의 법칙Koi's Law 알지?

그럭저럭 세상의 몸집을 닮아갔지

사람 사는데 제법 융통성이 있더라구

러시안룰렛

내 이마를 관통한 총알이 되돌아 장전되었다며
먼 나라에서 온 이야기 같아 심심하잖아
오래 살다 보면 기억이 감감해진다는데
그래서 그런지 하는 짓마다 생뚱맞더라고
사과를 따 먹으며 길을 간다
누구도 날 훑어보는 이 없었어
민들레 씨앗처럼 날다가 날아다니다가 보았지
잡것 천민 노예 인간 말종이 따로 있나?
눈이 파란 고양이가 내 품에 안겨
파도가 출렁이는 하조대 모래 언덕
눈과 고드름을 뒤집어쓴 증기기관차
숨 가쁜 입김을 내뿜으며 움직이더니 끝내
나만 남겨두고 저희끼리 가버리더라고
크레바스에 빠져 천년을 살 거야 하면서
사는 길엔 가끔 구덩이도 있기 마련
구덩이 속에 죽창이 박혀 있는 줄 몰랐을걸
아직도 내 손에는 대검이 들려 있지만
미적지근한 숭늉을 마시며 그리움을 핥았지

방죽을 걸어오면서 참외 서리를 했는데
돌아오는 길에 개미들의 행진도 보았어
노래를 부르며 손을 흔들며 발광하더라고
사랑에 목을 매는 치들이 늘 겪는 거지
지랄 같은 〈새드 무비〉 말이야
강가에는 아직 봄이 오지 않았을 거야
새들도 벌레들도 새싹들이 아직 기도 중이래
하얀 구름도 화딱지 나면 먹구름 되어
천둥 치며 산을 무너뜨리고 강을 뒤집어엎지
밤마다 엎치락뒤치락 잠을 설치면서 끝내
천국과 지옥을 오르내리다가 뒈졌지만
뭐야 돈이 최고라는 거야?
손바닥은 왜 내밀어?
검붉은 비로드 잠자리채의 추억
방구석에 쭈그리고 앉아 아랫배를 보니 한심해
가이거호Geiger 선상에서
뱃고동 소리와 함께 꺼이꺼이 울었지
반달이 혼자 하늘을 가더라고 유행가처럼

그날 밤 비가 내리고
내 젊은 사랑은 야영장 계곡에서
처음으로 그녀와 키스
밤을 울며 다니다가 절간에 들어가
북을 마구 두드렸더니 시원하더군
나는 무슨 철학 같은 걸 끼고 다녔나 봐
죽는 건 잠드는 것뿐이라고 우기지만
다리에 털이 무성한 그녀는 가끔 다가와 말하지
춥지 말라고 자기가 안아 준다고
훌러덩 벗어부치고 이태원엘 갔지
귀신 가면을 쓰고
저승사자들 친절도 하지 댓바람에 패스
거기 부비트랩이 깔렸던 거 몰랐지!
오십천에서 놓친 붕어는 아직 못 잡았는데
나는 언덕에 쪼그리고 앉아 보고만 있었어
양담배를 피우며 자동소총을 갈겨 대는데
참았던 오줌 싸듯 아주 시원하게 멀리
꼰가이con gai는 내 등에 찰싹 붙어 말했어

「님아 사랑해」

우린 얼마큼 더 살아 봐야 진실을 알까

그대는 내 말에 흥미가 없지? 그건 말이야

우리는 조정 선수로

함께 배를 저어 본 기회가 없었다는 거야

철조망 너머로 놈들이 기어오르고 있었다

짤방거리가 안 된다 싶어 삭제

잠에서 깨면서 이 세상이 어설퍼 두리번거린다

내 입속엔 바싹 마른풀이 자라고 있는데

도랑을 막고 물을 퍼낸 다음 물고기를 잡는 거야

산자락을 오르며 진달래 먹고 구름도 따 담았지

포근한 이불 속에서 시원하게 똥을 싸 뭉개고

한겨울 우물물에 샤워라니

소풍 가는 날 보자기엔 사이다와 오징어랑 김밥

마누라 거기에 거웃이 수북하다고

우리에게 말해 주었어

우리들의 골초 교수는 늘 맞담배를 강요했어요

함포 사격은 불꽃놀이보다 실감 나는 불장난

조금만 더 살다 보면 나아지겠지 조금 더

태백산 주목의 설화雪華처럼 홀로 아름다웠다네

무녀는 옷을 홀랑 벗기더니

몸뚱어리에 숯검정을 바르고

붉은 낯짝으로 식칼을 휘두르며 춤을 추었다

자식들, 돈벌이에 미쳐 가면을 쓰고 뛰더군

아이들이 돈다발로 보였던 모양인데

따라 죽을 놈들이 어디 한둘이야?

레밍lemming 멍청한 들쥐 새끼들

소나기 맞고 흠뻑 젖었는데 포복 전진

개울물에 처박은 몸뚱이 사이로

송사리 피라미가 놀고

물살이 배꼽을 핥으며 샅에 몸을 숨기더군

좆을 곧추세워 크기를 자랑하며 우쭐거렸지

아직도 내 비밀번호는 군번 여덟 자

「사랑인 줄 알았는데 부정맥」 꼴값을 떨어요

나잇값도 못 하면 등신이지

인사동을 맴돌자니 죽은 친구들이 반기는데

소스라쳐 잠에서 깼다
또 잠꼬대한 거였어?
「교대 시간이야」
「그래 날 잡아먹어라」

나잇살이나 처먹었으면 말이다
생각나는 대로, 하고 싶은 대로, 꼴리는 대로
저놈 소리만 안 들으면 돼
잠꼬대한 걸 가지고 시비 거는 놈이 있다고?
므브씨 같은 놈이네

---

* 카타르 월드컵 개막식에서 BTS 정국이 부른 〈Dreamers〉로, '신에게 기
  도해'라는 의미.
** 가수 BIBI의 〈Jotto〉 부분.

무용가 H씨의 공연장에서

무용가 H씨는 똬리를 틀고
우리를 노려보고 있다
아내가 내 휘어진 고개를 떠받들어 주었다
한참 그러다가 언뜻 그녀를 봤다
그녀는 내 뱃속까지 들어와
나를 휘젓고 다니다가
입 밖으로 나갔는지
항문 쪽으로 내뺐는지 나갔다
나는 그녀의 방에 백합을 가득 꽂았는데
이윽고 비가 쏟아지고
작달비는 말뚝이 되어 나를 가뒀다

나는 기다시피 하여
몰래 공연장을 빠져나왔다
담배 한 모금에 내 몸이 납작해졌다
불어난 강물에
내가 쓸려 가나 보다 생각했는데

교각에 머리를 부딪고 정신을 차렸다

무대 위 H씨는

내 주위를 두리번대더니 사라졌다

나는 둔치에 엎드려

생쥐 눈을 뜨고 그녀를 보았다

쇼팽이 걸어 나오는가 싶더니

무용가 H씨가 보였다가 다시 쇼팽으로 변했다

나는 까만 가면으로 위장했다

언제 왔는지 아내가 나를 부축하고 도망질쳐서

관람석 속에 몸을 숨겼다

무용가 H씨가 사라졌다

먹물 같은 무대 위로 손만 까닥이더니

또 없어졌다

사람들은 그녀가 죽었다고 말했다

흐느끼는 음악 사이로

불안한 평온이 적막했다

나는 무희들 속에서 그녀의 그림자를 보았고

그녀가 머리를 젖히고 중얼거리며 다가오길래

나는 그녀의 입속에 여의주如意珠를 물렸다

야전병원에서

야전병원 벤치에 앉아서 졸았다
질퍽한 이야기를 까발려도 흉 될 게 없는 곳
그들은 무장해제된 오늘을 산다
방금 도착한 헬기는 피곤한 날개만 퍼덕이고
대화 속 아까는 벌써 전사戰史

눈 감고 생각을 잠재워 토닥이면
구름은 바람 등을 타고 개울 따라 흘러내리다
거친 물결 되어 가로등을 적신다
가로등 불빛처럼 별들이 적적한데
욕조에 몸을 담그고 있자니
내 생명이 불끈 선다
간헐적으로 들리는 포 사격은 사정을 부추기고
동요 닮은 새가
파란 잎을 물고 서성거리는 걸 보았다
그 새가 내 가슴 위에 앉아 날개를 접었는데
안으려 하자 외면하고 날아가 버렸다

또다시 찾아온 정지한 시간

가을 숲처럼 아름다운 슬픔이 쉬는 곳

들판에 어둠이 밀려들면

다시 전장戰場으로 투입되고

멀리 불바다가 될 밀림을 바라보며

내 까만 기억의 더듬이가 들려주는

세레나데를 듣는다

아이네 클라이네 나흐트무지크*

---

* 모차르트 현악 세레나데 G장조 K525, Eine Kleine Nachtmusik 2악장
  Romanze Andante.

록파족은 보름마다 떠난다

인도 록파족은 보름마다 떠난다
냄비와 이불만 머리에 이고
새로운 풀밭을 찾아 양 떼를 몰고 간다

판을 벌이고 걷는 건 도시의 일상화된 관습
떴다방은 성업 중이다
뜨고 앉고 앉고 뜨고를 하다 보니
고향이 없다
살아 본다는 의지는 빼앗긴 지 오래
자본주의의 본적은 원래 고상함과는
거리가 멀다
화가 이왈종의 그림에는
집과 배, 자동차와 골프채, 물고기와 강아지
파랑새와 사슴, 나무와 꽃, 땅과 사람이 있다
그림만 들고 가면 이사 끝이다

인도의 록파족은 보름마다 떠난다

가족은 굴비 엮듯 일렬종대로 나귀를 따른다
들판을 가로질러 구름이 갈 길을 안내하고
그들에게도 쫀득거리는 사랑이 있었다
사는 게 축제였을 때도 있었다
그러다가 사랑하며 산다는 게 행사된 지 오래
살다가 때로는 살아보다가 뒤돌아보니
어느새 집들은 사라지고 사랑도 사라지고
삶이 까칠해져 버짐만 피어 있었다
산다는 게 야바위판이 되어 가고 있을 무렵
마침내 광고지를 마빡에 붙이고
전신주에 비스듬히 기대서서 삶을 구걸한다
삶도 담배처럼 사고파는 물건이 된 지 오래
    디스 엣세 레종 윈스턴 메비우스
    말보루 카멜 던힐 팔리아멘트
오늘 못 팔아도 내일 팔면 그뿐인 물건이 되었다

설악산 등반기

설악산 대청봉을 오른다
어둠이 걷히기도 전에 설악 폭포를 지났다
이 길엔 땅에 떨어진 가랑잎만큼
이야기가 널브러져 있다
소나기라도 내리면
묵은 이야기는 쓸려 내려가겠지만
뒤돌아보니 산허리를
반 고흐가 붓질하고 있었다
별이 빛나는 밤*
멀리서 바라다보는 것은 다 아름답다
이런 생각을 하면서 산행한 지 얼마 후
갓밝이에 등반을 재촉하였더니
해를 머리에 이고 대청봉에 올랐다
정상에서 만난 개미 한 마리
수년을 걸려 올라왔더라나**
천불동 계곡에서 물보라[雲海]가 올라온다
중청봉 허리를 감싸안으며 넘는다

하얀 홑이불이다

오늘 밤엔 저 이불을 덮고 잘 것이다

산에서 비바크biwak를 해본 사람은 알 거야

밤에는 별들의 세상으로 올라가

소곤거리며 놀지

내일은 중청봉 소청봉 희운각을 들렀다가

공룡능선을 오른다

열아홉 고개를 오르내리며 솜다리를 탐닉할 것이다

외길에서 만났던 다람쥐를 다시 만날 수 있을까?

마등령에 이르면 그 여인도 볼 수 있겠지

달빛을 타고 다닌다던 천상의 여인

버너를 켜 놓은 채 잠든 나를 구해 준 여인

비선대를 향하면서 또 다른 설악을 본다

멀리 화채봉이 손 흔들어 배웅하고

한참을 내려오다 나를 이끄는 손길을 바라보니

암벽에 걸린 수련장 금강굴이다

부처님을 친견하려면 절벽을 기어올라야 한다
어느새 쫓아왔는지 대청봉의 그 개미가
나를 올려다보고 함께 올라가잔다
내 허리춤에 붙어

비선대에 이르러 계곡에 발을 담근다
발바닥에 쌓였던 열기를 씻기고 있는데
금강굴의 시녀가 수건을 내민다
향불 냄새와 목탁 소리가 계곡을 적시고
천불동 부처와 보살들이 하산하면서
폭포처럼 쏟아지는 독경 소리
비선대 선녀들 몸치장이 바쁘다

* 고흐, 〈별이 빛나는 밤〉, 1889, 뉴욕현대미술관 소장.
** 김구연, 대청봉에서 1, 〈김구연 동시선집〉 p. 26.

선거판 각설이 타령

얼씨구 씨구 들어간다 절씨구 씨구 들어간다. 때만 되면 찾아오는 각다귀 죽지도 않고 또 왔네. 길고 긴 귀빈 소개와 연설로 정나미 뚝 떨어지게 만드는 한참 잘난 정치꾼들의 출판기념회 가보셨지요? 반길 사람도 없는데 찾아와 넉살스레 넙죽넙죽 절하면서, 몸에 찰싹 달라붙어 입에 침도 안 바른 거짓말로 아첨 떨며, 용庸해 빠진 양민良民의 피를 사정없이 빠는구나. 군대 판초도 뚫어가며 이리씨구 저리씨구 잘도 빤다. 장딴지 허벅지 배꼽 팔뚝 목덜미 사정없이 들러붙어, 공약空約이란 빨대 꽂고 마구마구 잘도 빤다. 맛난 술 처먹듯 요리 쪽 조리 쪽 잘도 빤다. 가지가지 요리를 처먹는디 먹성도 좋네.

구워 먹고, 지져 먹고, 볶아 먹고, 찜 쪄 먹고, 삶아 먹고, 튀겨 먹고
끓여 먹고, 고아 먹고, 삭혀 먹고, 쌈 싸 먹고, 회 쳐 먹고, 빨아 먹고

그슬어 먹기까지 하는구나

선민들은 핫바지처럼 멍청히 주저앉고 퍼질러 앉아,
온몸을 박박 벅벅 긁다 보니 피칠갑이 되었더라. 오
늘은 KF21 폭격기가 각다귀를 박살 낼 작정이니 세
상 사람들 어서 나와 구경들 하시오. 자가용이 없으면
BMW 있잖소, 헐레벌떡 오시구려. 마스크는 필수요,
띄엄띄엄 떨어져 오소. K2 전차를 앞세우고 각다귀를
잡으러 가는디.

전기에 감전돼 까맣게 숯이 된 년
손바닥에 맞아 몸통이 박살 난 놈
파리채에 맞아 머리가 동강 난 년
모기약에 취해 눈알이 새빨개진 놈
끈끈이에 붙어 알몸뚱이로 돼진 년

살다 살다 이런 통쾌한 모양 처음 보는구나. 내 방귀

나 처먹고 물렀거라 구접스러운 놈들아. 선거 벽보 사진 떼어다 밑씻개나 할까 보다. 얼씨구절씨구 잘이한다. 품바 품바 잘이 논다.*

---

* 김수영의 시 〈우선 그놈의 사진을 떼어서 밑씻개로 하자〉를 패러디.

나쁜 놈 이상한 놈들*

좋은 놈이야 쌔고 쌨으니께 그만두고
정치꾼들 이야기해 봤자 입만 아프니 젖히고
연못 흐리는 미꾸라지 같은 놈들
냅다 똥침 주어 기절시킬 놈들
나쁜, 이상한 놈들이 어떤 것들인지 이야기하자
그 흉측스러운 내막을
백일하에 드러내자니 더러워서
이두吏讀문자로 이야기하니 해량海諒하시길

惡隱者野은 문둥이 콧속에 박힌
마늘도 빼먹을 놈들인디
잇속 챙기는데 이골 난 땅속 두더지
叩痢竹禽腌者野
거창한 명함 들이대며 선민善民 등골 빼는
埋峠梨野
詐灰侏矣者라고 자칭하는 근본이
얄궂은 연놈들과

정신적 지도자이기는커녕 나쁜 짓만 골라 하는
사이비 仦嶠刅野이라*

夷孀嫫者野은 잘 차려입고
성추행을 일삼는 놈들인디
신문 방송에 거짓 광고 내고 고객 우려먹는
耄狸梨野
빨간 머리띠 보기만 해도 흉측한 듣보잡
慎仝圈鳶竹者野
스피커가 터져라 남이야 죽든 말든 개지랄 떠는
懴利尸上꾼野
글로 말로 사람들을 현혹하는 사기꾼
驪上蜘飾蚓野이라

* 영화 〈좋은 놈, 나쁜 놈, 이상한 놈〉을 패러디.

길가메시 이야기

— 그냥 묵직한 목소리로,

기원전 3000년, 유프라테스 강가에 있던 우루크 시에
는 신성神性과 인성人性을 함께 지닌 길가메시Gilgamesh
라는 용맹한 왕이 살고 있었더란다. 적이자 친구였던
엔키두가 죽은 뒤 인생의 무상함을 느껴 영원한 생명
의 비밀을 찾는다. 우트나피슈팀이라는 노인을 만나
어렵사리 불사의 약초를 구한다. 하지만 뱀에게 빼앗
기고 「아, 이것이 인간의 운명이란 말인가?」 한탄 후,
이 세상의 즐거움을 찾으며 여생을 보냈다.

— 조금은 부정적인 목소리로,

길 가던 노인이 말한다
왜 사람들은
불로불사不老不死하려고 발광하지?
진시황은 영생永生을 꿈꾸며
선단仙丹 선약仙藥이라는 불로초를 구하려고
동해 삼신산으로 동남동녀 삼천 명을 보냈지

산삼 영지를 밥 먹듯 했지만
한 오백 년이 아니라
백 년도 아닌
오십 년밖에 살지 못했잖아

─ 나직하고 신념에 찬 목소리로,
사람들은 「영원한 생명은 없을까」라고 묻지?
아주 옛날 사람들은 오래오래 살았더구먼
그래도 태초부터 지금까지 산 사람은 없었어
그러니 죽음이란 누구에게나 예외 없지
죽은 뒤 어디로 가는 거지?
개미지옥 같은 데가 아니라
땅속 암흑세계 타르타로스도 아니고
혹시 잠자러 가는 것이 아닐까?
폭신폭신한, 하얀 이부자리 속으로 말이야
가을 하늘 뭉게구름 속이라면 더 좋겠지

첫사랑의 그녀

꿈속에서 첫사랑의 그녀를 만났다
안개 자욱한 들판을 걸어오고 있었다
조금도 달라지지 않은 모습을 하고서
시간은 50년을 뛰어넘어 가고 있는 중*

무엇인가 터지는 우렛소리를 들었다
화산 폭발인지 대포 소리인지
지진으로 땅이 내려앉았는지
창문이 깨지고 벽도 갈라졌다
나는 그녀를 껴안고
내 등은 무너진 콘크리트 벽을 버텼다
또 굉음이 지나고
벽은 마냥 나에게로 넘어져 있었는데
그사이 나의 소녀가 간 곳을 모른다

시간은 옛날을 회상하고 있었는데
잠자리에 들면서도 그녀 생각뿐

그녀가 멀리서 달려와 안기는 꿈도 꾸었다

또 하늘과 땅이 흔들리고

소녀는 짙은 안개 속에 서 있었다

뒤돌아보지도 않고

나는 콘크리트 벽 속에서 기어 나와

개구리 왕자처럼 걷고 있는데

얼굴이 동그란 첫사랑의 소녀는

동산 둔덕에 서서 손을 젓더니

돌개바람이 먼지를 끌고 가듯 데리고 갔다

나는 슬픈, 아쉬운 얼굴로 바라보았다

보름달 같은 소녀를

---

* 변화 없이도 시간은 흐른다는 뉴턴의 말.

구시렁거리기

이른 아침
농부들이 쟁기질하러 개울을 건너는데
들판 위 나무 사이로 벌건 해가 떠오른다
해는 쇳물처럼 달아올라 혓바닥을 날름대더니
산과 들을 태우고 짐승도 태우면서
불기둥 되어 세상을 잡아먹을 듯 돌아다녔다
태양은 방화범

지하철 10호선 급행열차
몸뚱이를 욱여넣는다
360개의 골절과
8,400개의 털구멍이 비명을 지른다
월급을 타기 위해 죽을힘을 다하지만
정작 손에 쥐는 건 없다
그래도 이날을 목이 빠지게 기다린다
월급은 마약

우리들의 대화는 늘 싱겁다
일방통행일 경우도 많다
식은 밥처럼 끈기 없고
아미阿媚하는데 이골이 났다
말은 총알만큼 무서울 때도 있는데
때론 아물지 않을 상처도 낸다
말은 백린탄白燐彈

인생은
이미 프로그램된 것이라고?
사는 게 모두 그럴 거라고?
그래도 짜든 달든 쓰든 시든 맵든
그래야 할 거 같은데
감독은 저도 잘 모르겠다는 눈빛
그럼 너는 뭐야?

일탈은 벽이 없다

아버지란 놈이 딸을 겁박하여 농락했다
그것도 몇 년씩이나
이건 또 뭐야
아비를 꼬드겨 몸을 섞은 죄로 올빼미가 된
닉티메니아 공주도 있었지

놈을 다시 일어설 수 없도록 팼다
사타구니를 걷어차 기절시켰다
얼굴 반반한 계집애들은 장난감
가지고 놀다 싫증 나면 해체해 버리기 일쑤
살煞이 낀 촉법소년觸法少年들의 생활 문법이다

여인이 발가벗고 불상 앞에 가부좌를 틀었다
촛불은 나부裸婦의 가슴을 요염하게 흔들고
여인의 붉은 입술이 불경을 중얼거린다
벌거벗은 사내들이 들어가 누운 관棺을
명동 거리에 늘어놓은 야외 전시장

나부裸夫 여럿이 도축장 천장에 거꾸로 매달리고
벌거벗긴 여인과 사내를 함께 구겨 넣은 유리관*

수천 명의 남녀가 길 위에 누웠다
도로를 가득 메운 적나라한 인간 전시장
하늘을 뒤덮은 조개구름처럼
싱싱한 물고기 비늘처럼 가지런한
벌거벗고 누운 그들은 인간 페스티벌?
내전 종식을 위한 6,000명의 나체 시위
시드니 오페라하우스 앞, 워싱턴 거리를
가득 메운 나상裸像의 퍼포먼스
인간의 허울을 홀딱 벗긴 사진예술**

고약한 탈을 뒤집어쓴 시인
세상 여자를 희롱하는 버릇이 유별나고
시시딱딱이가 그렇게 뜯어말려도 모른 척
여자라면 무조건 제 무릎에 앉히는

손버릇 입버릇이 구정물인 시인

여인의 자궁 속으로 되돌아가고 싶다는

위대胃大한 시인

일탈逸脫은 벽壁이 없다

---

* 〈벌거벗은 인간 형상〉, 사진가 김아타의 사진집.

　〈The Museum Project〉, Aperture Foundation New York, N.Y.

** 사진가 스펜서 듀닉의 집단 나체 사진.

내 별명은 빼빼

나는 태어나면서부터 천덕꾸러기였다
동냥젖으로 컸다
얼마나 못 얻어먹은 미운 오리 새끼였는지
별명이 빼빼였다
이름보다 별명이 더 익숙했다
뼈다귀, 개가 침을 흘릴 만한 이름이다

　　며느리밑싯개 중대가리풀 소경불알꽃
　　오랑캐꽃 개불알꽃 애기똥풀

나만큼 푸대접받는 것들이 지천이다
천박한 이름을 달고 사는 들꽃들

듣기만 해도 망측한 며느리밑씻개는
잎에 가시가 듬뿍 달린 잡초
밥을 많이 먹는 며느리에게
시어미가 밑씻개로 이 풀을 주었다

엉덩이가 벌겋게 핏줄 선 새색시

이름만 바꾸면 모양이 달라지는 꽃
오랑캐꽃의 본명은
제비꽃 또는 바이올렛이다
짙은 붉은빛을 띤 자주색이 아름다운
물 찬 제비다

애기똥풀은 엄마의 지극한 사랑이라는
꽃말이 있다
눈먼 새끼 제비를 위해
노란 애기똥풀을 구하려다가
뱀에게 물려 죽었다는
엄마 제비의 전설이 담긴 꽃

소경불알꽃을 별주머니로 바꾸자는데
중대가리풀 개불알꽃

왜 어때서

배꼽 잡을 이름인 줄 몰랐나?

「삐삐야 울지 마라 낼모레 시집간다」

날씬하고 좋잖아

은행잎 한 장

늘 거기 있었지만 잊고 있었던 책

성경책이 있었다

오늘은 내가 환갑 되는 날

새삼스레 성경책을 들추다가 보았다

책갈피에서 나를 기다리는 낙엽 한 장

은행 나뭇잎

내 소년이 여태 거기서 나를 기다리고 있었다

우리는 손을 맞잡은 채 말을 잃었다

우리는 어느 수요일 예배 시간에

강당 앞에서 만났을 거야

거기 큰 은행나무가 있었지

새싹 돋고 푸른 잎사귀가 햇살을 받을 때

우리는 얼마나 좋아했는지 몰라

가을이 오고 찬 바람 불면

너붓거리며 떨어지는 단풍

우리는 보물인 양 너희를 간직했지

참 오랫동안 함께 살았구나

봄이 오면 다시 데려다줄게

강당 앞 네 보금자리로

은행잎 한 장

아델리펭귄

펭귄은 귀여운 새입니다

아델리펭귄Adélie penguin은 그중 잘생겼습니다

등은 까맣고 뱃살이 뽀얀 작은 새

순둥이의 전형입니다

남극 바닷가에 조약돌로 집을 짓고 사는데

외모와 달리 하는 짓은 지랄쟁이입니다

조약돌을 얻는 대가로 몸을 주기도 하고

남의 것을 빼앗는 삥뜯기도 합니다

재미 삼아 새끼 펭귄들을 죽이고

갓 깨어난 펭귄을 어미 앞에서 성폭행합니다

성도착증세도 보이는데

네크로필리아necrophilia, 섬찟하지요

이뿐 아니라 아델리펭귄 여섯 마리가

저지른 윤간도 포착되었지요

결국 어린 암컷 펭귄은 죽었습니다

성욕에 미친 갱gang들입니다

딸방한 수컷들은 둥근 것만 봐도 성욕 발동

잘생긴, 멋진 짐승의 탈을 쓴 악귀입니다*

펭귄 얘기를 하는데
서태후의 기억이 스멀거리는 건 왜지요?
절대로 용서하지 못 할 짓거리
미소년들을 모아들여 하룻밤 동침하고
죽여버린다는 사실 때문일 겁니다

아델리펭귄 이야기를 하고 있는데
사람 사는 이야기도 들립니다
잘난 것들은 자랑스럽게 말하네요
「인생을 낭만적으로, 엔조이하며 살자구」

---

* 생물학자 조지 머레이 레빅(George Murray Levick, 1876~1956)의 남
  극 관찰 보고서. 널리 알려지는 것을 막으려고 그리스어로 기록한 논문만
  남겼으며, 2012년 재발견되었다.

들풀들의 수다

우리는 들에서 산다고 들풀이라고 하는데, 잡초라고
도 하지만 잡놈 잡것이란 말이 이웃하고 있어, 그냥
들풀 들꽃이라고 부르지. 많아서 너무 흔해서 대접
이 시원치 않지만 그래도 형제가 많고 서로 아껴주니
행복할 따름. 사람들은 칭찬을 받아야만 행복해진다
고 하는데 우리는 스스로 만족하며 더없는 기쁨을 누
리지. 왜 남의 눈치를 봐야 하지? 우리가 남을 위해
사는 건 아니잖아?

예쁠 것도 내세울 것도 없으면서 무궁무진 사랑해서
애들을 많이 낳아 온 벌판을 우리 세상으로 만들었지
만, 형제간이고 사촌간이고 가리지 않고 사랑하다 보
니 잘난 놈은 없으면서 못난 것들뿐이야, 어느 누구도
자세히 봐주질 않으니 그놈이 그놈일 뿐 유별난 놈은
없어. 그래도 사람들은 우리를 베어다가 짐승들 먹이
고 마당 한구석에 쌓아놓고 퇴비라는 것도 만들지. 소
말 양 염소 온갖 짐승들이 들판에서 우릴 먹으며 행복
해하잖아, 보는 우리도 행복하지만 어쨌든 이른 봄 제

일 먼저 눈을 떠 짝짓기하고 꽃을 피우는 건 우리야, 봐주는 이 없지만 멀리서 바라다보면 장관이지. 아침 저녁 햇살이 터지거나 잠들 때는 예쁜 걸 볼 줄 아는 사람들이 감탄하지, 우리가 봐도 밉지는 않은데 너무 많아, 우리 가운데 듬성듬성 자리를 잡고 있는

　　엉겅퀴 메꽃 쑥부쟁이 매발톱 개양귀비 달개비 개
　　불알꽃 참나리 뚱딴지
　　물봉선 동자꽃 현호색 노루귀 얼레지 개망초 민들
　　레 씀바귀 달맞이꽃
　　할미꽃 복수초 제비꽃 패랭이꽃 잔대 이질풀 등, 셀
　　수 없이 많지

멀리서 보면 그냥 뭉그러져 같은 들꽃이지만 우리처럼 이름도 없는 들풀 사이사이에 그럴듯한 이름을 가진 귀한 들꽃들이야, 사람들도 다 고만고만한 가운데 유별난 놈이 있듯 말이지.

그래도 우리가 있어 들녘은 헐벗지 않고 부끄럽지 않게 돌아다닐 수가 있잖아. 잔디는 우리가 봐도 황홀

해. 이발을 끝낸 정원의 잔디밭, 야외 식탁, 와인 보기만 해도 행복하지. 토끼풀 또는 클로버라고 하는 건 아이들이 뜯어다가 토끼도 먹이고 반지를 만들어서 놀잖아. 우리 중 가장 멋있게 살아가는 놈들은 억새나 갈대 같은 것들인데 장관이지. 하얀 꽃술이 한창일 때는 겨울 눈밭으로 착각하기도 하는데 초겨울 바람에 서걱거리는 갈대 소리는 시인들이 좋아하는 말이잖아, 경남 창녕군 화왕산 억새밭은 사람들을 놀라게 하다가 불태우면 또 한 번 기절시키지. 강원도 정선 민둥산 억새꽃 축제도 가볼 만하고. 아무튼 우리는 무식한 들풀이지만 남들이 돌보지 않는 들판을 헐벗고 추위에 떨지 않게 해주는 아주 커다란 구실을 한다구. 무얼 바라고 그러는 건 아니지만 우리도 세상 사는 데 한몫해야 할 거 아냐 우리가 없으면 세상이 얼마나 삭막하겠어. 우리는 어머니의 마음으로 들판을 감싸고 있다고, 추운 겨울 눈 내려도 우리가 먼저 옷을 벗어 가려주지, 싸움터에서 전선을 감당하는 건 이름 없는 병사들이듯이 우리가 땅의 지킴이라고 자랑한대도 틀린 말은 아닐 터, 비록 못났어도 세상을 살아가는 직분이 있는 모양이야.

봄비가 내리는 저녁. 내일은 새 옷으로 갈아입고 산들바람과 벗하면 금빛 웃음을 볼 수 있을 거야. 나는 곰배령 들판에 누워 햇살에 목욕하고 손님들을 맞이해야지. 온갖 벌레와 새들과 짐승과 사람들의 놀이터, 이슬 구슬을 반짝이며 인사할 채비를 해야 할 거야. 우리가 내세울 것이라고는 없지만 그래도 우리가 있어야 들판이 돋보여 아름다워지잖아.

자연하다*
― 사진가 김아타 〈자연하다〉 모란미술관 초대전 감상문

사진은 빛 그림이다

캔버스를 아날로그 필름 삼아

두 해 넘게 자연에 드러내

자연을 담아낸 사진가의 예술세계

자연이 물감 되어 스스로 그린 그림이면서

자연이 캔버스를 감광시켜 얻은 사진

   인도 부다가야 마하보디 사원

   칠레 아타카마 사막, 일본 히로시마

   미국 인디언 거주지 뉴멕시코 산타페

   갠지스강가, DMZ , 제주 바다

   오대산 숲속, 홍천 땅속 등

   세계 80여 곳에 대형 캔버스를 설치했다

빛과 공기, 비와 눈, 흙과 모래

바람과 먼지, 새 곤충 짐승, 나무와 풀이

색깔과 갖가지 모양을 만들어 주었다

강원도 홍천 땅속

3m 땅을 파고 묻었던 캔버스는

땅속 흙의 습기와 온갖 미생물이 살았던 집

폭삭 삭아 겨우 알아볼 만한 형상을 남겼고

제주 바다 깊숙이 넣어둔 캔버스는

해류를 타고 놀던 물고기, 해초, 곤충들이

제집처럼 드나들고 소금물에 전 그림을 그렸다

중부전선 사격장에 세운 캔버스

대포알을 얼마나 얻어맞았는지 갈기갈기 찢겨

천 조각만 날리고 있었는데

그것들을 모아 유리 사이에 끼워 안장安葬했다

캔버스는 자연과 스스로 공명共鳴한다

마하보디 사원에 세운 캔버스는 말한다

잃고 나서야 얻을 수 있다고

내 몸이 처참하게 해지고 상해야만

비로소 무엇을 얻을 수 있다는 말인가?

낡은 캔버스는 침묵으로 웅변한다

비바람에 갈기갈기 찢기고 구김살 진

형체를 잃다시피 한 캔버스

그것은 또 다른 삶을 산 생명이었다

〈자연하다〉는

상식을 찢어발겨 내던진

논리라는 항아리를 깨부순

교과서 되기를 거부한 예술

자연이 만든 예술이다

---

* 김아타 초대전 〈자연하다On Nature〉: 경기도 남양주시 모란미술관 재개
관 첫 전시. 2022.

우한 코로나

— 사람과 동물들의 수난 시대를 아파하며

코로나바이러스 감염증 19라고들 하지만 중국 우한
시에서 발생한 것이니 우한 코로나가 맞지요. 2003년
사스SARS, 2012년 메르스MERS에 이어 세균 공포 증
후군에 시달렸는데 잘난 놈 못난 놈 가리지 않고 걸렸
다 하면 음압격리병실행. 그러다 그러다가 견디지 못
하고 살아나지 못하면 화장장이 미어터져라 미어터지
고 말았지. 그러기를 한 달 두 달 서너 달 일 년 이 년
괴롭힘을 당하다가 4년 만에 겨우 진정됐지만, 길거
리 병원 음식점 버스 지하철 사람들이 모이는 곳이면
모두 마스크 쓰고 화장장 근처를 맴돌 듯했지. WHO
가 발표한 통계를 보면 죽은 사람만 7,010,624명, 그
중 우리나라는 35,934명. 어쨌든 이제 겨우 한숨 쉬고
봄날을 맞으니 사람들 아팠던 날은 다 잊고 떼거리로
몰려나와 밥 사 먹고 커피 사 먹고 했지. 무슨 병이 또
도질라 전전긍긍 청소하고 소독하고 환기를 시켜도
언제 또 들이닥칠지 모르는 세균이(전자기펄스탄EMP
이 전자장비를 무력화시키듯) 우리 세포와 신경을 마

비시키면 이제는 오도 가도 못할 텐데, 마치 짐승들이 구제역 FMD 아프리카돼지열병 조류인플루엔자 AI에 감염돼 닭이며 돼지 암소 수소 가릴 거 없이 살처분 당해 구덩이 파고 던져지면 끝이듯이, 아, 돼지 멱따는 소리 지르고 커다란 소가 눈깔을 멀뚱거리며 원망의 눈초리로 죽어가는 거 보라구. 원망 그래 누구를 탓하며 누구를 원망할 건가, 아이고 저 원망의 눈초리.

　원망 원망 원망 원망 원망 원망
　원망 원망 원망 원망 원망 원망

원망하다 지쳐서 울지도 못하고 전전긍긍 오도 가도 못하겠지. 사람들이 상하는 아픔도 견딜 수 없지만 연례행사처럼 죽어가는 짐승들을 생각해도 가슴 아프지, 저 애꿎은 짐승들 구덩이에 처박히던 저 닭 대가리 소 대가리들의 슬픈 눈빛을 어찌 잊을 수 있다는 말인가, 저 눈빛을.

사람 몸에는 9곳의 무방비 구멍이 있고 털구멍만 자그마치 팔천여 개인데, 언제 어디서 어떤 놈들이 또 쳐들어올 줄 모르잖아, 이젠 마스크 가지고는 안 되고 방호복 입고 방독면을 뒤집어쓰고 다녀야 할 판인데, 에라 모르겠다, 진흙팩이라나 바다에 가서 진흙 듬뿍 바르고 그렇게 사는 게 상책일지도 모르지. 옛날 애들은 밥 먹여 뜰에 내려 놓으면 흙 파먹고 오줌똥 싸고도 잘들 컸잖아, 그런데 요즘은 그렇게 사는 돼지도 견디지 못하고 살처분 당하니 어찌 살아야 한담 어찌 이러구러 걱정만 하다 보니 사는 게 영 아니란 말씀야. 소가 병들어 죽어 나가는 꼴을 보았는데 죽는다는 말은 감당하기 힘든 단어야. 그 코로나란 놈에게 된통 당하고 나니 엉뚱스레 이젠 벌레만 봐도 소름 돋고 밥상에 오른 갈비를 뜯다가도 죽살이치던 그놈의 눈빛이 생각나 입맛이 싹 가시네. 저 소 눈깔 저 소 눈깔 저 소 눈깔 저 소 눈깔 저 소 눈깔 좀 보소.

눈깔 눈깔 눈깔 눈깔 눈깔

눈깔 눈깔 눈깔 눈깔 눈깔

눈깔 눈깔 눈깔 눈깔 눈깔

아, 저 눈깔

눈깔 눈깔 눈깔 눈깔 눈깔

눈깔 눈깔 눈깔 눈깔 눈깔

눈깔 눈깔 눈깔 눈깔 눈깔

아아 잊으랴 어찌 우리 그날을

우한 코로나가 짓밟고 갔던 날을*

---

* 〈6·25의 노래〉(박두진 작사, 김동진 작곡)를 패러디.

지구 최후의 날 | 변홍섭

아베마리아

— Giulio Caccini (Vladimir Vavilov), Ave Maria

가슴에는 훈장이 번쩍이고

허리에는 금빛 혁대

훈장과 벨트를

발아래 내려놓고

위엄찬 외투도 벗어야 한다

윗옷과 바지도 벗고

속옷까지 다 벗었다

발가숭이가 되었다

비로소

노랫소리가 들렸다

미네르바의 부엉이는 나목裸木에 앉는다*

---

* 헤겔의 〈법철학 강요〉 서문 「미네르바minerva의 부엉이는 황혼이 깃들면
그 날개를 편다」를 패러디.

한 송이 흰 백합화

— 작사·작곡 김성태

가시밭의 한 송이 흰 백합화
영원히 순결함을 간직한 흰 백합화
내 마음속에 자리 잡고 있었네
아름다운 꽃이라지만
나에겐 슬프고 외로운 꽃이었지

혼자가 서럽던 소년 시절
나는 깊은 산속을 사는 작은 짐승이었어
꽃과 열매를 따 먹으며 살았네
말로만 들었던 백합화를 찾아서
산허리를 껴안은 열구름에 묻기도 했지

나만의 하늘이 없었고
빗자루 타고 갈 별나라도 없었지만
아직도 소년은 백합화를 그리고
향기를 상상해 본다네
이제는 찾아야겠다고 다짐하지만

산속 더 깊이 사는 바람이 일러 주었지
아직 백합화는 없다고

소년은 어미의 얼굴도
어미의 젖가슴 냄새도 모른다네
어미는 은실비를 맞으며 갔다는데
가다가 혹 뒤돌아보지 않았을까?
가슴을 더듬는
아이의 손길을 잡아 주지 않았을까?

그윽하고 순결한 백합화를 찾으러 가야지
가야만 할 것 같아
더 깊은 산속으로
가는 길은 모르지만 산새가 알려 주겠지
아니면 풀잎에 앉아 쉬던
이슬이 말해 줄지도 몰라

가시밭의 한 송이 흰 백합화

인생이란 무엇인가요?
— La Vida Como Es, Jimena Diaz

저녁노을을 바라보며 노래를 듣는다
휘파람으로 따라 부르는데
인생이란 무엇인가요?
그녀는 묻고 있었다, 해변에 서서

들큼한 멜로디가 창가에 턱을 괴고
지나가는 자동차 불빛에 반짝일 제
스피커는 파르스름하게 떨며 물었다
사랑은, 운명은 무엇인가요?
어둠이 유리창을 거칠게 붓질하는 밤
나는 노래를 따라 부르며 생각했다
입가엔 말들이 오가며 소곤거리지만
딱히 입 밖을 떠나는 단어는 없다

가로등 불빛이 담벼락에 기대서서 쉬는 밤
아카시아 들큼한 바람이 얼굴을 적실 때
인생이란 무엇인가요?

그녀는 또 묻고 있었다, 그 해변에 서서

나는 휘파람을 불며 말했다

키사스Quizas*

음악이 있는 정원
— Beethoven, Violin Concerto, Romances

C 병원 옥상은 음악 정원이다
오늘은 베토벤의 선율이 나뭇잎을 흔들고 있었다
섬세한 바이올린 현鉉이 상처를 보듬고
친구처럼 손을 잡아 주는데
나는 어머니 등에 업혀 잠이 들었다

유람선은 나뭇잎 되어 갈매기처럼 날다가
부두에 들러 첫사랑을 잊지 못하고
건물 벽이 캔버스가 되어
도시의 불빛은 그림을 그린다
유월은 산딸나무 빙화氷花의 계절

정원은 꿈에서 깨어나듯 뒤척이고
하늘은 높쌘구름이 일군 메밀밭
나는 들꽃 향기에 끌려 동산을 올랐다
촉촉한 이슬이 바짓자락을 적시자
상처 아무는 소리가 들렸고

나는 피톤치드 향긋한 솔숲을 걸으며
요정을 만나 사랑하고 싶었다

도시가 불을 켜고 밤을 맞이할 무렵
태백산 정상을 노닐던 정령精靈과
천년을 살고 있다는 주목朱木이 찾아와
나를 위로하고 달래며
백설기처럼 폭신한 침대에 뉘어 주었다

창밖으로 신들의 영혼
오로라가 보인다

미궁 迷宮
— 황병기(가야금)·홍신자(목소리), 국립음반박물관 촬영본

나는 어렸을 때 꿈을 많이 꾸었어
어딘지 모르는 곳으로 빠져들었지
등에 닿는 느낌은 널찍한 바위 같았는데
한없이 꺼지는 거야
소리를 지르고 식은땀을 흘리며
꿈을 깨긴 했지만 또 오줌을 싸고 말았지

여름엔 늘 무심천에 가서 멱을 감았는데
철교 밑이라 제법 깊었지
물속에서 눈을 떠보니
바닥에 빨간 유리구슬이 있더라고
움켜쥐고 나오려는데
팬티가 콘크리트를 삐져나온 철사에 걸린 거야
물속에서 울고 말았지

죄명도 모르고 잡혀갔어
독방에 갇혔는데 정수리 위에는 백열등

앉기엔 비좁고 엉거주춤 서 있을 수밖에
화장실도 보내주지 않아 오줌을 쌌어
점점 더워져 숨이 턱턱 막히는데
질겁한 건 낟알보다 큰
이[蝨]가 발등을 타고 올라오는 거야
사타구니까지 진격한 놈들이
내 불알을 물어뜯더라고
에르바르트 뭉크의 〈절규〉 닮은
비명悲鳴에 내가 놀라고

물방울 듣는 터널 바닥에서 기절했지
생각해 보니 내 발소리 때문이었지만
양철지붕 위로 떨어지며 내지른
세상을 찢어발기는 귀곡성鬼哭聲
세 번 들으면 죽는다는 소문에
나는 눈알만 내놓고 장막帳幕 뒤에 숨어
숯등걸 부서지는 가야금 소리

귀신들이 땅을 치며 통곡하는 소리

듣는다

비발디, 사계四季·겨울

— Antonio Vivaldi, Violin Concerto 〈The Four Seasons·Winter〉

1악장

눈이 많이 내리던 겨울
나는 그녀와 월정사를 들렀다 진고개로 갔지요
눈이 무릎까지 쌓여 걷기가 어려웠지만
두어 시간 후 오르막 쉼터에 올랐어요
평창군 진고개 언덕은 하얀 천국이더라고요
우리는 얼싸안고 좋아하면서
눈밭에 누워 파란 하늘을 떠도는 구름에서
사슴과 강아지가 노는 것도 보았지요

2악장

눈구덩이를 널찍이 파고 판초를 까니
아늑한 우리 둘만의 방
하얀 홑청을 두른 침실이 된 겁니다
서로 쳐다보며 손을 맞잡고 좋아했어요

촛불을 켜고 영원한 사랑도 약속했고요
우리는 영화 장면처럼 서로를 안았습니다
해님도 우릴 보더니 따뜻하게 웃어주더라고요
우리는 하얀 비단으로 치장한 천사가 되어
산새를 불러들여 음악회도 했답니다
구름이 손을 흔들며 다가오자
그제야 우리는 눈구덩이 침실에서 나왔습니다

3악장

하얀 언덕엔 어린 천사들이 놀고 있네요
눈싸움도 하고 때굴때굴 구르기도 하고
엎드려 미끄럼 타면서 좋아 죽겠대요
눈을 한 움큼씩 하늘에다 던지며 소리치고
눈 위에 벌러덩 누워 노래도 부르더라고요
천국이 여기구나 싶었어요
우리는 어린 천사들과 어울려 놀았지요

무등을 태워주고 안아도 업어도 주고
바람에 눈가루가 날려 얼핏얼핏
무지갯빛 색종이가 날아다닙니다
눈밭에 그림을 그립니다
크리스탈 궁창을 떠난
햇살이 그림에 색깔을 입히고

여인이 바이올린을 연주하며
고갯마루에서 내려옵니다
뽀얀 눈빛 후광을 받으며

파가니니

— 24 Caprices for Solo Violin, Op. 1 MS 25

소청봉을 내려와 숨을 고른 뒤

마음마저 숨 가쁘게

설악산 공룡능선을 오른다

비 젖은 암벽

추락사한 넋들과 함께

음습한 고갯길을 넘나드는데

산새 한 마리

절벽 옆구리를 돌아 하늘로 날아오르고

깎아지른 듯한 암벽을 기어올라

솜다리와 사랑하다가

다시 열아홉 고개 숨 가쁘게 할딱거리며

오르락내리락하다가

낭떠러지 외길을 걷는다

맞은편 바위에 들앉아 거드름 피는 사내

짓궂은 악마의 바이올리니스트

마등령에서 벌겋게 익은 구름 갈아타고

깊은숨 얕은 숨 몰아쉬고

거친 숨 여린 숨 내뱉는데

산비탈을 오르는 목탁 소리 청량清亮하다

오세암에서 숨 고르고

곰골을 지나 솔바람 간질대는 하산 길

백담계곡 흐르는 물소리 여태껏

숨차다

마왕魔王

— Franz Schubert, Der Erlkönig D. 328 (Op. 1)

절벽을 때리는 파도 소리, 다급한 말발굽 소리가 무대를 흔든다. 칠흑 같은 혼돈의 밤, 아픈 아들을 품에 안고 마차를 모는 아버지. 멀리 비바람 소리에 섞여 부엉이 울음소리, 아들의 앓는 소리. 아버지의 탄식과 오버랩된다.

아버지, 저기 저승사자가 안 보이세요?
검은 옷에 새까만 안경과 모자를 쓰고 있잖아요
아버지, 저승사자가 저를 유혹하네요
제 팔을 잡아요
천상의 세계로 가자고 꼬드기네요
온갖 꽃이 질펀한 들판과 옥빛 바다와
맛있는 음식, 별빛 찬란한 정원, 황금 저택
소녀들이 춤추고 노래하는 천국이라고 하면서

아들아 내 영혼이며 보람이며 기둥인 아들아
모두가 헛된 망상妄想이란다

피 묻은 몽당비나 부지깽이의 장난일지도 모르지
그것도 아니면 벼락 맞은 고목일지도
야광귀나 달걀귀신, 어둑서니, 구미호도 아님
손각시나 몽달귀신은 아닐까?
네 눈에 보이는 저승사자의 왕관과 비단옷은
죽은 자의 유품이란다
모두 불에 태워 없앨 것들이지
아들아 안심하고 아비 품에 꼬옥 안기려무나
달의 여신 루나여
갈 길을 환히 밝혀 주소서

아버지, 저승사자가 저를 끌고 가네요, 아버지!
아들의 절규를 아버지는 끝내 막지 못하네
폭풍우는 더욱 거세지고
지진과 해일이 갈 길을 막고
길이 끊겼지만 간신히 말을 몰아 집에 왔지
말에서 내려 품속의 아들을 보니

이미 죽어 있었다네

고요를 뚫은 한줄기 어두운 빛

죽은 아들의 얼굴을 비추며

늘어진 팔과 손으로 옮아가더니

빛은 끊기고 다시 까만 밤

거친 비바람이 잦아지며 사그라진 무대

아버지의 슬픈 얼굴과 눈물이

클로즈업되면서

막이 내린다

내 인생을 휘젓고 다닌 싸움질
— 영화 〈The Sound of Music〉*

우리 집은 우리 부대의 사령부였다
칼과 총과 활 그리고 돌 탄알로 무장한
바가지 헬멧 쓰고, 새총은 허리에 차고
찐빵과 고구마, 옥수수는 전투 식량이었고
보리밥과 나물로 비빔밥을 만들어 먹었다
눈깔사탕과 번데기는 간식
종이비행기를 만들어 지붕 위에서 날리고
불방망이 대포를 쏘고
화살을 날리고 칼을 휘둘러 적을 섬멸했다

할아버지와 함께 어머니 손을 잡고
피란길을 재촉했다
읍내를 벗어나기 직전 쌕쌕이를 만났다
내린천 다리와 철교를 폭격하는 바람에
우리는 잿더미와 두엄을 뒤집어썼다
6·25 한국전쟁은 우리를 거지로 만들었다

들판에서 아이들이 병정놀이를 한다
언덕에서 미끄럼을 타고 포복 전진
적의 벙커를 폭파했다
나무 위에 야전 지휘소도 만들었다
깊은 냇물은 새끼줄을 이용하여 건너고
저녁 무렵 하산하여 각자 집으로 가서
보급품을 가져오기도 했다
빨치산partizan 닮았다
밤에는 술래잡기로 이어갔다
이중섭의 그림 속 아이들 놀이가 아닌
애들 소꿉장난도 아닌
무지막지한 패싸움, 전쟁놀이였다

「홍길동 작전」은 베트남 뚜이호아 부근
월맹 정규군과 베트콩의 침공을 격퇴하고
아군이 승리한 전투였다
1967년 7월 9일부터 48일간의 전투

채명신 중장이 맹호와 백마부대를 지휘했다
월맹군 사살 638명 포로 88명, 아군 전사 26명
세계 전사戰史상 유례없는 완벽한 승리였다

내 기억이 곱살스레 흐르는 강
영화처럼 들꽃이 질펀한 언덕
아름다운 노래와 춤을 추워야 마땅할 유년에
우리는 병정놀이부터 배웠고
6·25 전쟁의 구정물을 뒤집어썼다
내 이마에 남아 있는 훈장
지금 우리의 영웅들은 어디에 있을까

내 몸은 아직껏 전투 중이다

---

* 미국 영화, 감독 로버트 와이즈, 음악 리처드 로저스. 1965.

너무 아픈 사랑은

김광석 거리를 걷는다
무겁고 카랑카랑한 쇳소리
기타 소리를 듣는다
어둑한 골목길 가게에서
삶이 너무 쓰라려 소주를 마신다

김광석의 노래를 듣는다
깡마른 웃음소리와
언 강이 쩡쩡 갈라지는 탄식을 듣는다
웃비걷자 우산을 접고
낯익은 여인이 눈물을 흘리며 노래한다
가슴 아프게*
쓰라린 이별만은 않았을 것을

싸락눈을 맞으며 노래를 듣는다
산다는 건
사랑한다는 건

긴 이야기를 엮는 아픔

엮이고 뭉킨 사연을 푸는 고통

해가 설핏해진 강둑을 걸을 때

뒷모습이 애절한 그녀가 노래를 부른다

누가 이 사람을 모르시나요**

이 세상 끝까지 가겠노라고

나하고 강가에서 맹세를 하던

사랑이 너무 아픈 사람

삶이 너무나 시린 사람

동천冬天 아래 기타 메고 걷는 사람

---

* 정두수 작사, 박춘석 작곡 〈가슴 아프게〉.
** 한운사 작사, 박춘석 작곡 〈누가 이 사람을 모르시나요〉.

사랑의 힘으로

— The Power of Love, Helene Fischer

눈을 뜨니 바다가 밀려온다

오늘 밤은 바닷가 야영장에서

모닥불을 피우고 옛날을 불러올 것이다

연잎을 타고 하늘을 날던 친구들을 초대하고

설산에서 놀던 동무들도 오라고 해야지

멀리 밤바다가 등불을 켜고 가물거리는데

밤잠을 이루지 못하는 영혼들도 부르고

한밤중에는 숲속으로 들어가

산짐승들과 어깨동무하고 놀다가

하늘의 별들이 초롱초롱 반짝이며 쏟아질 무렵

나는 결혼할 것이다

집으로 가는 길목을 정성껏 비질하고

꽃도 심고 그네도 매고 연못도 만들고

앵두나무 살구나무도 심어야지

시냇가 풀밭에선 염소들이 풀을 뜯겠지

멀리 보이는 산은 아직 하얀 모자 쓰고

사람들에게 말해야지

여기를 낙원으로 만들면 안 될까?

신비로운 원림園林을

우리 함께

사랑의 힘으로

아누스 데이

― Samuel Barber, Agnus Dei*

1968년 1월 30일 남베트남 전 지역

월맹군과 베트콩의 구정 대공세

아군이 명절 한밤중에 기습공격을 당한

처참한 전투였다

눈과 팔을 잃고

다리와 가슴을 붕대로 감싼

병사들이 속속 헬기에서 내려졌다

화상으로 고통스러워하는 병사

이미 사망한 것으로 보이는 병사도 있었다

사망자 ○○명 부상자 ○○명

하나님의 어린 양이시여

저들을 불쌍히 여기소서

우리는 졸음과 모기와 싸우며

전방의 움직임을 살피고 있었다

새벽 2시, 설핏 눈을 붙였는가 하는 사이

우리 초소는 벼락을 맞았다

전투는 밤낮을 가리지 않았고

하늘은 시뻘겋게 달아오른 숯가마가 되었다

방심이 불러온 대가는 처참했으나

도리깨질하듯 때려눕히는 아군의 반격

포대砲隊 사격과 헬기의 건십

밀림과 들판의 촌락은 불타고

월맹군은 퇴각하기 시작했다

우리는 벙커와 본부 진지陣地가 날아가고

전우를 잃었다

마지막 후송 헬기를 떠나보내고

하늘을 바라보며 원망했다

우리 곁을 떠난 전우를 생각하며 오열했다

그들을 떠나보낸 무기를 안고 몸부림쳤다

하나님의 어린 양이시여

저들에게 안식과 평화를 주소서

---

* 영화 〈플래툰Platoon〉의 OST로 유명. 올리브 스톤 감독. 1986.
  이 시의 전투 내용은 미군과 월남군의 피해를 한국군의 피해로 기술한 허구.
  피해가 너무 커서 이 전투는 미국 내 반전운동의 계기가 되었다고 한다.

성북동 G씨의 일기장 · 1

여인이 방문을 닫고 잠자리에 들 무렵
문풍지는 가늘게 떨고 있었다
안타까운 한숨은
포단 위에 떨어뜨린 눈물방울
여인은 기어이 바다처럼 위액을 쏟으며
괴로워했는데
아침에 들여다보니
눈물을 찍어 내며 머리를 빗고 있었다
한숨은 달무리를 맴돌다 치마폭을 적셨고
미역국 끓는 가마솥
비 젖은 언어는 부지깽이 되어
아궁이 앞에 퍼질러 앉아
한恨스런 이야기가 타는
불길을 다독이고 있었다

성북동 G씨의 일기장·2

산 이름은 모른다. 설봉산 자락이라는 말이 있긴 했다. 계곡을 타고 산마루에 오르면 참나무가 꽤 많던 산이다. 여인의 집은 산허리에 있었다. 단칸방 정자였다. 방문 앞에는 도토리 껍질이 수북이 쌓여 있었다.

수더분하게 자란 나무들이 집을 에워싼 그곳에서 나는 여인을 만났다. 여인은 남극의 설산雪山을 짊어진 모습이었다. 나는 쓰라린 아픔을 예상했다. 한참 시간이 지난 후에도 담담한 내 모습을 보고 내가 놀라고 있었는데, 나는 이미 여인의 허름한 치맛자락을 덮고 잠이 들었다.

여인은 내 기억 속에 존재하지 않았다. 파리한 표정의 여인. 혹시나 하고 생각했지만 뇌 속에 저장된 것은 아무것도 없었다. 텅 빈 내 머릿속을 한탄하고 있을 때, 솟아오르던 용암은 나를 집어삼켰다. 정신을 잃고, 아문 상처가 다시 찢어지고 있을 즈음 지나던 바람이 일러 주었다. 「참 행복은 아픔으로부터 온다」고. *

나는 백치가 되어 몇 달을 지냈다. 까만 자갈로 뒤덮인 바닷가에서 파도처럼 울고 있었다. 그렇게 지루한 대치는 오래가지 않았다. 저속 셔터로 바닷물이 뜨물을 쏟아 냈다. 뽀얀 너울을 뒤집어쓴 돌멩이들이 널브러졌다. 짙은 안개 속 조약돌 서걱대는 바닷가에서 나는 카메라 셔터만 누르고 있었다.

그 이후에도 나는 방황했다. 누구도 쉽사리 갈 길을 알려주지 않았다. 잘 닦인 도로가 보이는가 싶더니 여인의 흔적을 실은 듯한 쪽배는 아라구아이아강** 어느 마을에 정박해 있었다. 산속 마을처럼 조용했고 사람들은 장승처럼 말이 없는, 비밀을 간직한 동굴이었다. 나는 바위에 올라 어둠을 밟고 있었는데, 여인과 나는 울창한 숲길을 벗어나고 있었다. 치맛자락 서걱거리는 소리를 듣는다. 상처가 쓸리는 아픔이었다.

---

* 독일의 실존주의 철학자 하이데거의 말.
** 멕시코의 작가 바스콘셀로스의 소설 〈장미, 나의 쪽배〉, 1962.

성북동 G씨의 일기장 · 3

산모롱이에는 애장葬터가 많았다. 미루나무 그림자는 산비탈을 기어오르고, 눈 쌓인 언덕에서는 죽은 아이들이 놀고 있었다. 송사리와 미꾸라지를 잡던 나는 아직도 거기서 고기를 잡는다. 구름은 짙푸른 하늘에 낙서하고.

다리[橋] 아래 썩은 다리[脚]가 있었다. 교실 뒤편에 쌓여 있던 따발총, 장도長刀는 훌륭한 전쟁놀이 장난감이었다. 강당에선 몸뚱이 없는 손가락이 피아노 건판을 두드리고, 밤이면 가위눌려 땀을 흘리기도 했지만 추락의 끝은 보이질 않았다. 빠져나갈 틈도 없었다. 폐소공포증. 하늘은 곱게 물들어 가고 산꼭대기에서 잠이 깬 나는 한기를 느끼며 어둠 속을 빠져나오곤 했다.

니체, 헤세, 키르케고르, 사상계, 현대문학, 이런 책들을 끼고 다니며 음악 감상실 「녹향」에 파묻혀 지냈다. 허영과 교만의 독배毒杯에 찌든 낭만이었다. 나의 젊음은 허상의 늪 속에 빠져 죽었고, 그때 시신을 찾지 못한 것이 영원한 젊음의 사망이 되었다. 아직도 망우리 공동묘지 어느 구석에 처박혀 있을 젊음.

예광탄의 궤적을 즐기며 사격한다. 표적지가 아닌 바위를 쏜다. 바위가 돌이 되고 돌이 모래가 되도록 쏜다. 마침내 표적 없는 사격이 시작되었다. 유난히 불안했던 날, 포탄은 식당 천장을 뚫었다. 불발탄이었다. 부대 왼쪽 계곡에서 날아온 것이 분명했다. 「씨발 새끼들」 헬기가 떴다. 계곡에 있던 모든 생명체를 박살 냈다. 귀신도 살아남지 못한 듯 허연 고목이 갈기갈기 찢겨 있었다. 작은 웅덩이도 총알을 맞아 흰 이빨을 드러내고 키들키들 웃는데, 동작 그만!
가끔 찢어지는 듯한 소총 소리가 적막을 불렀다. 고독했다. 까만 철조망 위로 조명탄이 버드나무 가지처럼 내리던 밤. 내 무릎을 베고 그녀는 사랑을 이야기했다. 포대의 대포 소리는 내 생각을 한꺼번에 뭉개고 가버렸다.

설악을 오른다. 암벽을 탄다. 줄을 끊었다. 자학은 그해 겨울까지 이어졌다. 폭우 같던 소나기에 열 명이 익사한 명단에 내가 있었다. 죽음의 계곡을 타고 하산했던 그 해 여름, 담뱃불로 내 몸을 지졌다. 고문은 살아 있는 자에게 행복을 안겨준다. 숫눈길 위로 발자국을 내고, 오줌으로 글씨를 쓰면 내리는 눈이 잽싸게 덮어 버리곤 했다. 동굴 속에 몸을 의지했다. 봄이 오는 소리를 들으며 내 허세는 하산했고 계곡물에 발을 담그고 버들치를 희롱했다.

성북동 G씨의 일기장 · 4

예쁜 꽃은 꺾어야 직성이 풀린다. 〈자헤드−그들만의 전쟁〉*의 병사들은 벌거벗고 날뛰며 섹스를 도덕에서 제외했다. 자위와 성교를 연극했다. 지랄발광한 삶이었다.

파프뉘스는 타이스**를 안았다. 치사하게 변명하지 않았다. 성의聖衣 속에 감춰진 교미를 열망했다. 파프뉘스는 끝내 정신분열증 환자가 되었다. 성애性愛가 도착하는 정거장엔 늘 이성이 제거되어 있었고. 지리산 천왕봉에 올랐던 그해 겨울밤, 오줌을 내갈기며 정자도 해방시켰다.

여인에게 아름다움을 각인시킨 교수와 성직자가 법의 심판을 받았다. 판사는 준엄하게 판결문을 읽었으나, 그들은 무죄를 주장했다. 사랑이 걸레 조각처럼 매도되는 것은 부끄러운 일이며, 고매한 사랑의 표현을 성희롱으로 치부하는 것은 사랑에 대한 모독이라고 항

변했다. 그들은 여성을 홀리는 유별난 외모를 지녔다.

잠에서 깨니 하의가 벗겨져 있었다. 후텁지근한 날씨 탓이기도 했지만 열의 아홉은 쌀알만 한 이[蝨]의 짓이다. 참꽃을 따 먹으며 산길을 돌아다니던 그때도 양지바른 곳에 앉아 이를 잡았다. 손톱으로 터뜨려 죽였다. 성性은 이를 죽이는 것만큼 잔인하다. 아름다운, 잔인한 폭력이다. 「남성들은 여성의 자궁 이용료를 내야 한다」라고 외치던 여인의 완장腕章이 의뭉스레 으스대고 있었다.

강물만큼 통통 불어 터진 호수에 배를 띄운다. 그 배는 아직도 떠 있고 나는 한적한 골목에서 여인을 쓸어안는 꿈을 꾸었다. 여인은 허리가 굵은 뱃살을 드러냈다. 우리는 부둥켜안고 푸짐한 사랑을 했다. 구스타프 클림트의 〈키스〉하는 연인은 금빛 화살을 맞고 죽어가는 중이었고.

수컷 극락조는 암컷의 환심을 얻기 위해 별의별 짓을 다 한다. 사랑은 구걸하기를 전사戰士처럼 해야 한다. 사랑의 연기는 모든 동물의 일관된 행위다. 빈대처럼 별난 사랑 외상성 수정도 하긴 하지만, 행복을 안겨 주지 못하는 사랑은 사랑이 아니다.

달맞이꽃은 저녁에 핀다. 은밀한 교미는 달빛이 걸어 가는 발자국을 따른다. 그 열락悅樂의 소리는 은하銀河 의 흐름 닮았다.

---

* 〈자헤드Jarhead–그들만의 전쟁〉, 샘 멘데스 감독. 2005.
** 프랑스 작가 아나톨 프랑스Anatole France(1884~1924)의 소설 〈타이스 Thais〉.

성북동 G씨의 일기장 · 5

그들은 내 멱을 쥐고 비틀어 죽이려 했다. 피가 너절하기를 원했다. 유행가 같은 시간이 좀처럼 멈출 줄 몰랐다. 방첩 비밀들이 아직도 내 주위를 맴돌았다. 걸레 조각처럼 생긴 꿈이 날 괴롭혔다. 별똥별의 최후는 탄소섬유탄에 제어되어야 한다. 아주 까만 밤이 오히려 평화가 아닐까?

풍뎅이를 잡아 머리를 비틀어 뒤집어 놓았다. 잠자리를 잡아 날개를 떼어 버렸다. 뱀도 죽여 나뭇가지에 걸쳐 놓았다. 적의 시체를 향해 난사했다. 〈한국에서의 학살〉* 그 들판에 민들레 피고 엉겅퀴가 붉었다. 해는 지평선 뒤로 자빠졌다. 꼭두서니 빛 강물이 독사의 혓바닥처럼 날름거렸다. 우리는 모두가 살인 피의자다. 피해자이기도 하다.

몇 번인가 키니네를 입 안에 가득 물고 백합꽃으로 방안을 장식하기도 했다. 선배가 죽었다. 삶이 불꽃놀이

같다던 그녀의 독백. 우리는 쉽게 사그라지지 않기로 약속했다. 아침 이슬처럼 햇살에 녹지 않으리라 다짐했다. 「우리의 등 뒤에 조국이 있다」를 부르며 피의 능선을 넘었다.

가난한 계집은 그거 한 번 하고 굴비를 잡았다. 사내는 계집을 끌어안고 목이 메었다. 「앞으로는 안 했어요」 사내는 굴비를 먹으며 또 울었다.** 가난한 삶과 사랑, 낭만처럼 얘기하지만, 없이 사는 거 두 번 다시 못 할 짓이다.

먼지 털고 마루를 걸레질하며 손님 맞을 준비를 했다. 「어디쯤 오고 있겠지」라고 웅얼거리며. 아이들 고추만 한 소총 탄알이 가슴을 때렸다. 그날 나는 전사했다. 곧 아물었다. 나의 회생기 중 하나다. 내 이마엔 〈Ⅱ급 비밀〉이라는 팻말이 붙어 있었다.

키르케고르의 〈죽음에 이르는 병〉이 팬데믹처럼 번진
그해, 긴 장마 뒤 끝물이었다.

---

* 피카소의 그림 〈한국에서의 학살〉, 1951, 파리 피카소미술관.
** 오탁번 시인의 시 〈굴비〉.

자화상 · 1

사립문 앞 누렁이는 나를 빤히 바라본다
두 발을 모으고 주변을 두리번거리며
나를 머쓱해서 꼬리만 흔든다

산성마을
겨자씨만큼 햇살 든 비닐하우스
헐렁한 바지 입고 까까머리 한
내가 거기 서 있었다
까마귀가 아저씨 할 얼굴을 하고서

오후부터
내 마음이 머물던 하늘에는
엷은 구름이 모이더니
해가 설핏해진 저녁쯤 해서
뜰 안 누렁이가 나를 애원하였다
눈곱 낀 눈물을 글썽이며
나는 마구 낙엽을 쓸었다

우리는 갈 곳이 마땅찮은, 없는 시민

마을은 「빈집」 딱지를 붙이고

썰렁한 바람에 뺨을 얻어맞고 있었다

자화상 · 2

밤새 소복이 눈이 내려 세상이 하나 되었을 때, 저 멀리 들판이나 계곡, 산허리, 동산이 온통 잣눈 속에 파묻혀 보이지 않을 때. 세상이 뒤집어엎어졌다고 말한다.

아침부터 눈이 내리고 있다. 언덕을 뭉개고 또 쌓이고 쌓여 커다란 봉분이 되었다. 봉분 위로 머리를 얹어 눈사람을 만들었다. 나중에 밤새껏 눈이 내려 눈사람은 흔적 없이 되었고 숫눈엔 산새도 내려앉지 않았다. 눈이 내린 날은 소리가 없다. 지구가 돌아가는 소리도 멈춘다. 침묵이다. 침묵은 내밀한 말이 소통되는 순간이다.

누군가가 나를 묻거들랑 말하라. 죽어서 눈사람 되고 눈에 묻혀 있는 것을 보았다고. 내린 눈을 딛고 동산 양지바른 곳에서 해바라기하는 것도 보았고. 계면쩍게 웃으며 설렁설렁 어디론가 가는 것 같았는데, 글쎄, 그곳이 ○○○ 같더라는 이야기며.

그래 난 처음부터 헐렁했지. 헛똑똑이라는 말이 딱 맞

는 말이야. 「주님, 이 몸은 목판 속에 놓인 엿가락입니다. 가위로 자르시든 엿치기하시든 뜻대로 하십시오」* 맘에 드는 말이라서 여태 기억하고 있는데, 엿가락만 해도 어딘데 남들에게 「저놈」 소리만 안 듣고 살아도 좋지만, 남을 즐겁게 해줄 수 있다면 더 바랄 게 없지. 이렇게 가끔 똑똑할 때도 있는 거 같아 안심.

사람들이 워라밸을 이야기한다. 그러니 성과 생활의 밸런스에 대한 얘기도 하자. 이런 날은 눈이 포근하게 내리는 날은, 밥벌이는 생각지 말고 분위기 잡고 사랑하는 게 멋질 거 같은데, 사진가 K는 두 커플의 성행위를 한 시간 장노출 기법으로 촬영했다. 연초록 이불 속의 몽환적 이미지, 2m가 넘는 대형 사진 앞에서 관객들은 말한다.**
「아, 섹스는 이렇게 아름다운 거구나.」

---

* 작가 최인호(1945~2013)의 말. 투병 중에 쓴 〈엿가락 기도〉 중에서.
** 김아타: The 4th Photo Festival, 가나아트센터. 2004년. Project Broadcasting #029 〈Sex 1 hour〉 Light Jet C-Print 203×251cm 2004.

자화상·3

내 모습은
구겨진 신문지, 모래 발자국
담벼락의 낙서, 담배꽁초
항로를 이탈한 비행기 동체胴體
급발진한 메르세데스 벤츠
그 어느 것도 내가 아니다
나는 누구지?

나는 잔인하다
싸운 후엔 살았나 죽었나를 확인한다. 반드시
죽도록 얻어맞고 땅에 엎어져 기절했던 어제
오늘은 그놈을 때려눕히고 항복할 때까지 팬다
그러고 부전나비 애벌레처럼 잔인하게 군다

화가들의 그림을 흉내 내느라 바쁘다
— 해골, 끊긴 철교, 나부裸婦, 변기
— 파괴된 도시, 하늘을 나는 지폐, 죽은 쥐

이런 것들을 꺼멓게 빨갛게 그려 놓고
히히거린다

나는 윤이상 음악을 모른다
그러면서 그가 작곡한 음악을 듣는다
귀신 씻나락 까먹는 소리 같은데
허세다
황병기의 〈미궁〉은 대낮에 들어야 한다?
고양이의 눈, 여인의 엉클어진 머리, 지하창고
구덩이에 묻힌 돼지, 창자를 쏟아 낸 물고기
단두대 모가지, 늑대 인간, 드라큘라
뭐 이런 걸 상상하라나
이 또한 허세다

나는 삿갓구름처럼 교만했다
기어서라도 정상을 오른 통쾌한 자존
썩은 밧줄을 타고 하늘을 오르다가

떨어져 수수깡에 피칠한 호랑이가 되어도 좋다
내 젊은 날이 작두를 타고 있었다
작두에 닿은 현絃의 까칠한 울림
빨간 머리 앤이 까르르 웃으며
설렁설렁 걸어오고

자화상 · 4
— 탈피하지 못하는 뱀은 죽는다 (괴테, 〈파우스트〉)

나는 모르는 게 너무 많아 용감했다

나는 아는 게 별로 없어서 고집불통이었고

나는 아는 게 시답잖아 늘 어눌했다

나는 남들처럼 잘나고 싶어 안달했다

그러나 원한다고 다 되는 게 아니었다

나는 서서히 미쳐 가고 있었는데

미친놈 소리가 듣기 싫어 그만두었다

밑천이 딸리는데 욕심을 내면 흉할 것 같아

그냥 훌훌 벗고 구직 팻말을 걸었다

넥타이 풀고 구두를 벗으니 몸이 가볍다

그날 나는 권총으로 나를 쐈다

나는 방아쇠를 당기며 작은 희열을 맛보았다

위선과 교만이 길바닥에 나자빠진 모습

보기에 좋더라

차츰 내가 무서워 내 발로 병원엘 갔다
정신과 병동은 늘 키들거리는 놈들뿐이다
환자 옷으로 갈아입었다
아담과 하와의 나뭇잎마저 던져 버리고
사람들에게 말했다
화산이 터진 것처럼 다 태워 없애자고
못된 허울은 다 벗어버려야 산다고
흥분한 심장이 터져 불덩이를 토하자
세종로 광화문 종로에 옮겨붙었고
사람들은 다투어 옷을 벗어던지며
불길 속으로 뛰어들며 환호성을 질렀다
소돔과 고모라가 불태워지듯
도시는 허상虛像을 태우고 있었다
달집에 불 넣으며 어우렁더우렁 춤을 추듯이

자화상·5

손톱 발톱을 깎는다. 손가락 발가락을 없애고 팔과 다리도 자르고 머리통을 벤다.

남은 몸뚱이를 향해 사방에서 탱크가 밀고 들어온다. 탱크가 마주 보며 멈춘다. 내 몸은 정사각형이 되었다. 프랭크 스텔라의 그림에 홀딱 반했나 싶었는데, 대장장이는 정사각형을 두드려 직사각형으로 더 두드려 젓가락처럼 만든다. 납작하고 날카로운 송곳이 될 무렵, 뜬금없이 파블로 피카소의 그림들이 오락가락하네. 〈게르니카〉, 〈아비뇽의 여인들〉, 〈키스〉, 더 뜯어벌이고 찢어발기자는 건가?

피카소의 〈꿈〉은 내 주위를 돌더니 꿈속의 소녀는 손각시가 되어 내게 달라붙어 괴롭히다가 결국 촛불에 타죽고, 내 몸은 다시 절개와 봉합을 거듭 되풀이하더라구. 링거액이 내 핏줄을 타고 몸 구석구석을 헤집고 다니면서 불을 지르고, 아직 어두운 캔버스

위에 남은 건 오색 거미줄, 까마귀들이 떼 지어 앉아 노래를 시작했다.

새벽바람이 흰 가운을 걸치고 감청紺靑색 하늘로 날아올랐다. 색깔이 점점 옅어지며 혈관의 피가 마르자 주삿바늘을 빼 버렸다. 형체는 모두 사라져 버리고 드디어 내가 바늘이 되었다. 나는 반짇고리에 들어앉아 탑골공원을 오가는 노숙자들의 해진 옷자락을 꿰매주기 시작했다.

봄이 오고 창꽃이 불그스레 산을 붉혔다. 탱크는 제자리로 돌아가고 내 몸도 원상회복. 나에 대한 일차적인 분석, 뇌와 신경 시스템에 관한 심층분석의 연습이었다.

고갱의 여인들·1

고갱은 타히티Tahiti 여인을 사랑했다
〈언제 결혼하니?〉 하고 물으며*
두꺼운 피부, 원색 의상, 나부대대한 얼굴
남태평양의 흑진주를 얼싸안고
〈까마귀 나는 밀밭〉 속으로 가곤 했다**
타히티 태양에 뜨거워진 영혼은
곧잘 사랑의 지뢰를 밟았다

타히티 여인은 무르익은 과일
그녀의 원무가 상큼한 바닷가에서
꽃다발 수놓은 치맛자락을 나부끼며
춤을 추는데
지나던 범선이 바다 가운데 침실을 만들고
바다를 노닐던 따뜻한 바람이 내려와
페로몬향 담뿍한 이부자리를 깐다
과즙처럼 달콤한 여인들과 사랑을 즐기면서
우리는 어디서 왔지?

우리는 무엇인데?

우리는 어디로 갈 거지?

그가 즐기는 색깔

빨강 파랑 녹색 닮은 질문을 던지고 있다

---

* 고갱, 〈언제 결혼하니?〉, 1892, 바젤미술관 소장.

** 고흐, 〈까마귀 나는 밀밭〉, 1890, 반고흐미술관 소장.

고갱의 여인들·2

타히티의 요정이랬나
남쪽 바다를 유영游泳하는 유황빛 여인
열대 과일만큼 달콤한 사랑을 축복했는데
얼씨구 풋바심이래요
「두껍아 두껍아 헌 집 줄게 새집 다오」
모래톱에서 소꿉장난한다면 몰라도

그대 저승사자의 눈치를 외면하더니
모르핀에 살해당했지?
조그만 소녀들이 그대의 애인
그녀들의 눈빛에 또 사살된 그대
칼립소의 올가미에 낚인 거야
그대의 그림을 보고 있자면
왜 내가 흥분되지?
원색 천을 휘감고 팔짝팔짝 춤을 추네
춤추다 바라보니
내가 그림 속에 들어가 있더라고
뒤에 시가cigar 물고 있는 놈 말이야

여보, 고갱 선생, 나에게 초대장 보내줘요

〈여기로 오셔요〉에 사인sign을 넣어서*

그림 같은 집이 아니더라도

단아한 초가에 앉아 그대와 술을 마시며

영혼의 그림 이야기도 하고

그대의 하녀인 자연을 데리고 사랑을 나눕시다

사랑하다 물리면 종이비행기 타고

고흐네 집으로 가서

〈삼나무가 있는 밀밭〉으로 숨어들자고**

권총에, 마약에 사살된 친구들끼리

건배하면 술맛이 날까?

그래도 심심하면 담배 꼬나물고

〈안나〉 잡으러 가지 뭐***

---

* 고갱, 〈여기로 오셔요〉, 1891, 구겐하임미술관 소장.

** 고흐, 〈삼나무가 있는 밀밭〉, 1889.

*** 자바의 혼혈 소녀 안나(14세)는 고갱과 동거하다 그림을 훔쳐 달아났다.

아브라카다브라

빌 게이츠가 매일 중얼거린 말이라기에
나도 따라 해보았지
옛날엔 학질 떼는 주문으로 쓰였다고도 하네
내가 볼 땐 사기꾼이
핫바지들 우려먹을 때 쓰잖았나 싶은데
아니면 말이야
매춘부 을러메던 기둥서방들이 쓰던 말 아닐까?
잠깐, 담배 한 대 피우며
중얼거리면 답이 나올지 몰라
담배 연기를 내뿜으며 씨불거리면
코로나인지 코딱지도 팍 죽을걸
우리 할배 대꼬바리로 정수리를 딱 치면
귀신도 즉사했었다고

내가 병명도 없이 아파 고생할 때 얘긴데
어머니는 귀신을 쫓아낸다며
날 무당집으로 데려가더라고
음식을 푸지게 차려놓고

무당이 요란스레 춤을 추더니

뭐라는지 알아들을 수도 없는 말을 내뱉으며

내 입에 식칼을 집어넣고

돼지 멱따는 소리로 야단치는 거야

난 잽싸게 칼을 빼고

사람 살려 삼십육계 줄행랑쳤지

횡설수설했지만 죽을 땐 착해진다는데

고상하고 점잖은 이야기하고 가야지

그런데 생겨 먹은 게 상스러워 그러진 못하고

거지발싸개처럼 살다가 기도한다니

똥개가 웃겠지만

신이여, 내 영혼을 구하소서, 아브라카다브라*

친구가 듣다못해

「너 죽을 때까지 헛소리할래?」

---

* Abracadabra: '말한 대로 이루어지리라'라는 뜻의 히브리어. 〈해리포터〉
  의 마법 주문이며, 횡설수설 또는 헛소리 등의 의미로도 쓰인다.

미시즈 로Mrs, Raw

그녀의 별명은 미시즈 로
사모아Samoa 여인처럼 풍만한 몸매
열대 밀림 속을 휘젓고 다니는 여인
에메랄드빛 바다를 즐기다가
도마 위에 놓일 생선이다

그녀는 여류화가다
그림 속 누드는 자신이다
온몸에 물감을 바르고
화판 위를 기어다니기도 하고
비가 오면 마당에 물감을 쏟고
뒹굴뒹굴 발광한다
콘돔으로 열기구를 만들어 타고
일출을 감상할 줄 아는 여인이다

그녀가 고쟁이 차림으로 명동을 활보했다
며칠 후 서울에서 유행하는 옷이 되었다

몸뻬처럼 생겼다지만, 아니다
개구멍바지 닮은 조선 여인들의 속곳이다

그녀는 미꾸라지다
검푸른 들판 냇가에서 놀다
용오름 타고 하늘을 날아올랐다가
시골집 마당에 떨어질 미꾸라지다

냅둬유 Let it be

나는 어릴 때 참 바보였다. 공부는 아예 덮고 놀기만 좋아했다. 기계총을 앓던 머리, 마른버짐 핀 얼굴, 작은 키에 작은 눈 찌질이였다. 참외 수박 서리는 일과였는데 학교에서 「학부모 모시고 오너라」 하면 그때마다 부모님은 살기도 힘들어 죽겠는데 무슨 소리냐는 듯, 선생님께 말한다.

「냅둬유」 세 글자뿐이었다.

내가 아이 아버지가 되고 학부형이 되었다. 아이는 고집이 세어 아무리 바르게 가르쳐도 제 하고 싶은 대로 하며 놀았다. 잡도리했지만 툭하면 여자애들 발 걸어 넘어뜨리고, 머리를 쥐어박으며 장난친다. 아이가 워낙 시망스러워 부모 된 나는 영락없이 학교에 불려 갔다. 그럴 때마다 나는 되레 큰소리쳤다.

「냅둬유, 애들 아닌가유?」

내 직업은 기자다, 농부와 같다. 농부는 땅을 파지만

기자는 사람과 사건을 판다. 그렇다 보니 알 거 모를 거 죄 알아서 머리만 욱신거리고 분개할 때가 많다. 선배들은 술잔을 건네며 날 다독거린다. 그러면 나는 더 발끈해서 막무가내莫無可奈 싸움하듯 말한다.

「냅둬유, 지랄 같은 세상」*

* 비틀즈의 노래 제목 〈Let it be〉를 충청도 사투리 '냅둬유'로 옮김.

케 세라 세라 Que Sera Sera

밤바다 수평선이 불야성이다

야시장이 섰는가 했는데

바다가 제단祭壇을 쌓는 거란다

오징어들은 열렬한 신도가 되어

제단을 밝히는 횃불을 덥석덥석 물어뜯는다

입이 찢어지고 몸뚱이가 동강 나도 놓지 않는다

먹물을 터트려 검푸른 바다가

까만 바다 되도록 바다는 더 시끌벅적

어부들은 만족한 듯 벌쭉거리며

낚싯줄을 끌어 올린다

오징어는 줄에 매달려 지랄발광 오두방정을 떤다

불타는 바다 끝머리까지

바닷새들이 날아올라 구경거리를 만들고

오징어들은 몸을 패대기치며 노래하고 춤춘다

오늘 밤 난 별들 속에 있으니

Cos ah ah I'm in the stars tonight…

인생은 다이너마이트

life is dynamite*

기어코 숨찬 바다가 뒤집히며

갑판에 내동댕이쳐진 오징어 한 마리

헐떡거리며 숨을 고른다

하늘에서 내려다보던 초승달의 독백

케 세라 세라**

* BTS 노래 〈다이너마이트Dynamite〉에서 인용.

** Que Sera Sera: 스페인어로 '될 대로 되어라'로 해석하지만, 속뜻은 '될
   일은 언젠가는 이루어지게 되어 있으니 걱정하지 말라' 또는 '소원대로
   될 거야'의 의미.

세라비 C'est la vie

나는 혼자서 여행하는 걸 즐긴다. 놀거나 산책하거나 등산도 혼자 다닌다. 여럿이 함께 놀러 가서도 따로 논다. 사람들은 나에게 중[僧]이 되라 말하기도 하고 어떤 사람은 구루미gloomy족이라고 단정하기도 했다. 누가 뭐래도 나는 혼자 잘 논다. 내 방은 옥탑방이다. 오디오 볼륨을 한껏 높인다. 맘껏 취해서 바락바락 악을 써 가며 노래하고, 비가 오는 밤이면 아랫동네 불빛을 구경하며 샤워도 한다. 사람들은 미친놈 아니냐고 수군거렸다.

내가 이렇게 살아온 시간도 꽤 길다. 어릴 때도 혼자서 산으로 들로 뛰어다니며 놀았다. 간혹 집에 들어가지 않고 마을 입구 상엿집에서 쪽잠을 자기도 했다. 대개 그런 날은 뱀을 잡아먹은 날이다. 메뚜기, 개구리, 참새도 잡아먹고 도라지, 뚱딴지도 캐 먹었다. 어떤 날은 무덤에 기대 잠을 자다 뒤늦게 한기를 느끼고 어슬렁거리며 집으로 돌아온 때도 있었다.

어머니는 비구니比丘尼였다. 나는 어미를 따라 산에 들어가 머리를 깎을 생각으로 절로 갔으나 산 생활을 견디지 못하고 보름 만에 뛰쳐나왔다. 혼자서는 살 수 없는 세상에 태어나 혼자 살기를 바라고 있으니 정상이 아님은 틀림없다. 자괴自壞하여 우티스Outis*를 외치며 자살을 시도했으나 실패, 명命줄이 긴 놈인 모양이다. 트레바리들은 또 물을 것이다. 무엇 하러 세상에 나왔냐고, 왜 사냐고?

내 명쾌한 대답 「세라비!」**

---

* 그리스 신화에 등장하는 오디세우스는 선원들이 폴리페무스에게 잡아먹힐 것 같자 꾀를 내어 "Outis(나는 아무것도 아니다)"라고 소개하며 위기를 모면한다.

** 〈세라비, 이것이 인생!C'est la vie!〉이라는 제목으로 2018년에 개봉한 프랑스 코미디 영화. '인생이 다 그런 거지 뭐'라는 뜻.

해설

우리가 꽃향기를 맡을 때처럼

홍영철(시인)

꿈꾸는 동물원 | 변홍섭

역사 또는 신화

역사와 신화, 이 둘의 의미는 현실과 삶을 가늠하는 중요한 요소로 일컬어진다. 흔히 역사를 '사실'로 받아들이는 반면에 신화는 '허구'로 받아들인다. 합리성을 바탕으로 하는 역사적 관점에서 신화는 꾸며낸 이야기이며, 존재의 근원을 제시하는 신화적 관점에서 역사는 개념화되어 굳어진 화석일 따름이다.

이에 따라 역사와 신화의 두 입장이 바라보는 세계 인식 또한 다르다. 역사적 세계 인식이 현실을 언젠가는 극복될 과도기로 본다면, 신화적 세계 인식은 역사가 원형의 재현이므로 현실을 극복될 수 없는 영원한 과도기로 본다. 예술을 생각하는 관점도 서로 다르다. 전자가 예술이 그 무엇을 전달하는 수단이어야 한다고 생각한다면, 후자는 예술 그 자체가 의미이자 목적이라고 생각한다.

2500년 전, 중국 춘추시대의 사상가 공자孔子는 오래전부터 내려오던 시 3000여 편 가운데 300여 편을 가려 뽑아 〈시경詩經〉을 펴냈다. 이 시집을 엮고 나서 공자는 이렇게 말했다.

"시 300편을 한마디로 정리하자면 생각에 사특함이 없는 것이다[詩三百 一言以蔽之 曰思無邪]."

여기에 쓴 '사무사思無邪'라는 말은 '생각에 간사함이 없다' 또는 '생각에 사사로움이 없다'는 뜻으로도 풀이된다.

〈시경〉에 실린 시들은 그런 정신으로 쓰였으며, 이는 곧 시의 전형으로 봐도 좋다는 뜻이었다. 이후 '사무사'는 예술정신의 한 기준으로 제시되는가 하면 인품을 평가하는 잣대로 쓰이기도 했다.

2400년 전, 고대 그리스의 철학자 플라톤Platon은 시에 관한 깊은 생각 끝에 '시인 추방론'을 들고 나왔다. 귀족이던 플라톤은 자기들의 공화국에 '모방하는 것 외에는 아무것도 모르면서 언어라는 물감으로 시에 채색을 하는 거짓말쟁이' 시인은 필요 없다고 했다. 사람을 감정적으로 만들어 이성적 사유를 방해하는 시인은 쓸모가 없다는 것이었다. 시는 꽃향기와 같아야 한다는 생각이었다. 꽃향기를 맡을 때 느끼는 상쾌한 기분은 허기를 채울 때나 가려운 데를 긁는 일처럼 목적과 이유를 동반하지 않으며, 약물처럼 후유증도 남기지 않는다. 그처럼 시는 순수한 기쁨과 즐거움을 주어야 한다는 것이다. 시극詩劇을 전문으로 하는 시인들이 요즘의 아이돌 같은 인기를 누리던 시절이었다.

시집 〈가던 걸음 멈추고〉에 실려 있는 124편의 시가 그렇다. 생각에 간사함이나 사사로움이 없으며, 읽는 사람의 마음을 감정적으로 만들어 이성적 사유를 방해하지도 않는 시들이다. 독자는 마치 꽃향기를 맡듯이 아무런 목적과 이유가 없는 순수한 세상을 산책하게 된다. 산책은 몇 걸음을 걷다 그만두든 몇 만 보를 가다 돌아서든 하나하나가 그 자체로서 완성이다.

자기 대면, 질의와 응답

변홍섭은 천생 예술가 같다. 여러 차례 사진전을 열고 사진과 글이 있는 3권의 책을 펴낸 바 있지만, 그보다도 많은 시편에서 음악, 미술, 공연, 영화 등 폭넓은 예술적 관심과 안목을 엿볼 수 있기 때문이다. 그 예술은 곧 구원의 세계다. 그에게 현실은 결코 극복될 수 없는 과도기여서 숨 막히지 않고 살아갈 수 있는 공간은 언제나 열려 있는 예술 속이다. 꽃향기를 맡듯, 산책을 하듯 목적과 이유가 한정되지 않은 세계를 그는 소망한다. 그러나 현실은 역사와 신화가 뒤범벅되어 '폭력적이고 비열'하며 '살인의 시작'이자 '예술처럼 위장'되어 있는 공간이다. 그는 오염되고 훼손된 세상을 향해 일갈한다.

예술을 앞세워 나쁜 사상도 힘만 얻으면 정의가 되고, 바른 생각을 가진 이들이 방관하면 나쁜 놈들의 세상이 된다. 부정과 결탁했어도 자살하면 영웅시하는 너그러움도 유행하는데 자기들의 부정을 숨기고 싶어 그러는 줄 우리는 빤히 안다.

— 〈예술적으로 잘난 체하는〉 부분

시인은 외부만이 아니라 자기 내부에도 경계의 시선을 돌린다. 〈사는 것도 예술이래〉에서 '그럴까?/예술가에게 가장 해로운 것은/뻔한 것 습관에 불과한 것이라던데'라며 스스로 긴장의 끈을 놓지 않는다.

변홍섭이 꿈꾸는 세상은 무위자연無爲自然의 나라다. 사람의 힘을 더하지 않은 그대로의 자연, 그런 이상적인 경지다. 그곳은 현실적으로 존재하지 않는 관념적인 세계가 아니라 몇 걸음만 내디디면 만날 수 있는 일상의 장소다. '버들치가 오르고/가재가 기어 나올 계곡'(《참새 한 마리》)이며, '발가벗고 들어가 퐁당'(《월정사》) 빠질 금강연이다. '달래 쑥 냉이 씀바귀 민들레/양지바른 들녘'(《봄이 오면》)이며, '가지 끝에 덩그러니 매달린 까치밥/잔뜩 배부른 구름 뱃속'(《가을 수채화》)이다.

그곳은 도피처가 아니다. 시인은 거기에서 자신과 대면한다. 무위자연이 그저 희망으로 그친다면 그의 시들은 음풍농월吟風弄月에 지나지 않을 수 있다. 그러나 시인은 그 안에서 철저히 자아를 찾아낸다. 이것이 변홍섭 시의 특별한 점이다. '나는 오늘/그 가재를 화양동계곡에서 보았다'(《참새 한 마리》), '어느 설산 능선을 걷고 있을지 모르는 나를 찾아서'(《겨울나기》), '맑은 물에 헹구고 또 헹굽니다/새물내 물씬 나는 나는/나를 만듭니다'(《눈물은》)…. 시인은 자연 속에서 자신을 대면할 뿐만 아니라 회의하고 질의한다.

잠자다 일어나 어슬렁거리다가
하고픈 말이 있어

바람에 묻어오는 그림자에게 물었다

넌 어디서 오는 거냐고

(…)

벽에다 온갖 이야기 털어놓는

그림자 좇으며

온 길

갈 길

별의별 걸 다 물었다

어둑새벽이 창문에 기댈 때까지

　　　　　　　　　　　　—〈잠자다 일어나〉 부분

꽃이든 잡초든 잘나고 못난 것들을

뒤섞어 놓으면 어지러울 거 같지?

멀리서 바라보면 다 고만고만

밤하늘 별들이 잘나고 못난 게 있었나?

　　　　　　　　　　　　—〈잡초〉 부분

　그런 질의는 곳곳에서 거듭된다. '이런 밤을 내 생애에 다시 만날 수 있을까? (…) 이런 밤을 영원히 간직할 수 있을까? (…) 이런 밤이 내 생의 끝자락이면 얼마나 좋을까?'(〈창밖에는 눈이 내리고〉), '늦은 밤 일기를 쓰다가/내일의 내가 보고 싶어 은근슬쩍 묻는다/「너, 누구니?」'(〈너, 누구니?〉), '우리가 이 집에서 영원히 떠나갈 곳/마침내 거기는 어디일까?'(〈퐁당 빠지고 말았다〉)….

성찰, 마음 청소

이 시집의 전편을 관통하는 시적 주제는 자기 성찰이다. 거개의 작품에서 스스로를 살피는 탐구와 모색이 이루어지고 있다. 이는 문학이 가지는 대단히 중요한 기능 중의 하나다. 앞서 말한 공자나 플라톤의 시정신도 궁극적으로는 여기에 와닿는다. 자기 성찰은 자신을 정직하게 들여다볼 때 이루어진다. 바깥세상을 뚫어지게 노려보면서 남이나 열심히 간섭하는 사람은 아무것도 변화시킬 수 없다. 모든 개선은 자기 내부로부터 시작되기 때문이다. 러시아의 작가 톨스토이를 '대문호大文豪, a writer of great literature'의 자리에 올려놓은 것은 끈질긴 성찰의 힘이었다. 특히 말년에 쓴 책들의 제목이 의문형인 것은 그가 죽기 전까지 성찰에 몰두했음을 말한다. 〈그러면 우리는 무엇을 할 것인가?〉, 〈왜 인간은 자신을 바보로 만드는가?〉, 〈예술이란 무엇인가?〉, 〈사람은 무엇으로 사는가?〉, 〈인간에게는 많은 땅이 필요한가?〉….

　방바닥, 침대 위, 거실, 소파, 옷에도
　또 다른 나들이 있지
　일 년간 모아놓으면 3kg이 넘는대요

　지금, 나무에 기대선 나는 누구지?
　　　　　　　　─ 〈니들은 벌써 알고 있었지?〉 부분

늦은 밤 일기를 쓰다가
내일의 내가 보고 싶어 은근슬쩍 묻는다
「너, 누구니?」

— 〈너, 누구니?〉 부분

가로등 번쩍이는 포장도로만 원하는 게 아녜요
신작로를 바라는 것도 아니구요
길의 흔적이라도 보여줘야 하는 거 아닌가요?
인간은 어떻게 살아야 하는지도 모르는데
허약하기까지 한 건 왜인가요?
꼬리가 잘려도 재생되는 도마뱀보다 못하잖아요

— 〈신, 속이 꽉 막힌 독재자〉 부분

산티아고의 보물이 거기 있을까?
천사가 그곳으로 안내할지도 모르지
어쩌면 다른 길로 가고 있을는지도 모르는데
다시 이곳으로 올 수 있을까?

— 〈내 생각이 길을 가고 있지만〉 부분

시를 쓰면서 묻는다
어떻게 살아야 하지?
나중에 어디로 갈 건데?
묻지도 알려고도 말고 그냥 살기만 하라고?

— 〈시를 쓰면서 놀면〉 부분

태어나서 단 한 번도 좋은 생각을 가지지 않은 사람은 없을 것이다. 다만 그것을 오래도록 지니지 않기 때문에 뜻을 이루지 못할 뿐이다. 한 번 청소했다고 해서 방 안이 언제나 깨끗한 채로 있는 것은 아니다. 마음도 그러하여, 한 번 반성하고 한 번 좋은 뜻을 가졌다고 해서 그대로 유지되지 않는다. 지구 환경 문제에서 '지속가능성sustainability'이 부각되는 것과 마찬가지다. 마침내 시인은 시간을 거슬러 '삼천 년 전부터 해온 질문/사람은 왜 태어나고 죽는 거지?'(《신, 속이 꽉 막힌 독재자》)라고 질의한다.

이미지가 그대로 세계

변홍섭에게 있어서 이미지는 상징이 아니다. 감각에 의해 획득한 현상은 그 자체로서 세계를 이룬다. 말하자면 세계를 위한 장치가 아니라 이미지가 그대로 세계인 것이다. 시 곳곳에서 만날 수 있는 햇살, 구름, 바람, 길, 강물, 바다, 나무, 무덤, 어둠, 잠, 꿈, 벽, 총, 포탄, 먼지 등의 이미지들은 그 자체로서의 세계를 보여줄 따름이다. 그래서 그의 시는 관념적이지 않고 직접적이며 담백하다. 굳이 엇갈고 뒤틀어서 에둘러 말하지 않는다. 시인은 들풀의 목소리로 이렇게 고백한다.

나는 곰배령 들판에 누워 햇살에 목욕하고 손님들을 맞이해야지. 온갖 벌레와 새들과 짐승과 사람들의 놀이터,

이슬 구슬을 반짝이며 인사할 채비를 해야 할 거야. 우리
가 내세울 것이라고는 없지만 그래도 우리가 있어야 들
판이 돋보여 아름다워지잖아

— 〈들풀들의 수다〉 부분

　〈건널목〉, 〈꿈속에서〉, 〈옛날 옛적 어머니와 둘이서〉 등
띄어쓰기 없이 쓴 3편의 작품에서 시인은 글을 읽는 호흡
마저 거추장스런 장치로 여겨 거부한다. 걸어야만 하는
길, 꿈 같은 기억, 지울 수 없는 어머니는 현상이나 상징이
아니고 그 자체로서 본질이며 세계다.

　3부 〈잠꼬대한 걸 가지고〉와 4부 〈아베마리아〉에서는
시가 문학·미술·음악·영화 들을 만나면서 작자의 고백은
점점 절박해진다. '앞만 보고 달렸다/치타처럼 뛰었고/치
타처럼 살았다'(《코리안 디아스포라》), '내가 말했지/「어린이
는 에덴동산을 모르는구나」'(《시부렁거리기》), '우리에게 내
일은 올까?/쿠오바디스'(《쿠오바디스》), '전신주에 비스듬히
기대서서 삶을 구걸한다/삶도 담배처럼 사고파는 물건이
된 지 오래'(《록파족은 보름마다 떠난다》), '발가숭이가 되었다/
비로소/노랫소리가 들렸다'(《아베마리아》), '산다는 건/사랑
한다는 건/긴 이야기를 엮는 아픔/엮이고 뭉킨 사연을 푸
는 고통'(《너무 아픈 사랑은》), '지금 우리의 영웅들은 어디에
있을까/내 몸은 아직껏 전투 중이다'(《내 인생을 휘젓고 다닌
싸움질》), '여기를 낙원으로 만들면 안 될까?/신비로운 원림

을/우리 함께/사랑의 힘으로'(《사랑의 힘으로》), '그들을 떠나
보낸 무기를 안고 몸부림쳤다/하나님의 어린 양이시여/저
들에게 안식과 평화를 주소서'(《아누스 데이》)….

변홍섭은 〈성북동 G씨의 일기장〉과 〈자화상〉 연작을 통
해 처절하게 자기 앞의 생을 노래한다. 시인은 잔인·용
감·고집불통·어눌·교만한 '나'의 손가락·발가락·팔·다
리를 자르고 마침내 머리통까지 베어버린다. 자아의 해체
다. 파괴가 아니라 토대를 흔들어 새로운 가능성을 찾는
과정이다. 다 자르고 베어 아무것도 없으니 생각에 사특함
이 있을 리 없고 목적과 이유를 내보일 까닭도 없다.

그러고 시인은 이 시집의 끝자락에서 〈아브라카다브
라Abracadabra〉, 〈냅둬유Let it be〉, 〈케 세라 세라Que sera
sera〉, 〈세라비C'est la vie〉를 이야기한다. 노래 제목이기도
한 이 말들은 부정이 아닌 '잘될 것', '이루어질 것'이라는
긍정의 메시지를 담고 있다. 자기 대면은 성찰과 해체를
지나 마침내는 기원祈願으로 마무리된다.

모두가 삶이다

신화적 세계 인식은 역사적 세계 인식과 달리 미래를 위
해 현재가 희생될 수 없다는 시점을 가진다. 변홍섭은 시
를 수단화하지 않는다. 그 무엇을 위한다는 이원성이 없
다. 주제와 수사학이 분리되어 있지 않기에 솔직한 감정이

독자에게 고스란히 전달된다.

과학이 아무리 발달해도 '우주는 무엇인가?'에 대한 답은 그저 추측일 수밖에 없다. 인문학이 아무리 발달해도 '인생이란 무엇인가?'에 대한 답은 변죽울림일 수밖에 없다. 시린 겨울날 캄캄한 어둠 속, 가족의 안녕을 위해 새벽 기도에 나서는 일이나 정화수를 떠놓고 손 모아 비는 것이 합리성과 무슨 상관이 있으랴. 빅뱅 너머에 종교가 있듯이 역사 너머에 시가 있고 예술이 있다. 의식 너머에 무의식이 있고, 실증 너머에 상상이 있는 것이다.

지금 이 순간만이 실존이기는 하나 실제의 삶은 그렇지 않다. 가버린 어제도 삶이고 오지 않은 내일도 삶이다. 변홍섭은 시인이기 이전에 누구보다 어제와 오늘과 내일의 삶 전체를 사랑하는 고마운 인간인 것 같다.

가던 걸음 멈추고
변홍섭 시집
—

2024년 5월 15일 1판 1쇄 발행

지은이 | 변홍섭
펴낸이 | 홍영철
펴낸곳 | 홍영사
주소 | 03150 서울시 종로구 우정국로 45-11, 4층 (수송동, 동산빌딩)
전화 | (02) 736-1218
이메일 | hongyocu@hanmail.net
등록번호 | 제300-2004-135호

ⓒ 변홍섭, 2024
ISBN 978-89-92700-32-0 (03810)
값 13,000원